幻事錄

——伊格言的現代小說經典十六講

伊格言——著

目次

那些年我們一起（錯）追的女孩

——費茲傑羅《大亨小傳》

《大亨小傳》（The Great Gatsby）（筆者參考之《大亨小傳》為二〇一二年新經典文化出版）明顯屬於質地緻密的那種小說——這點光是從幾位主角的開場亮相就可以知道。以女主角黛西的丈夫湯姆．布坎南為例（這是個如假包換的反派角色，從一現身就不討喜）——敘事者尼克由西部故鄉移居至紐約，打算從事投機生意——對，投機生意，爵士時代的象徵，夢的量化寬鬆，希望的通貨膨脹；當然，必然也是一九三〇年代大蕭條的前兆。安頓妥當之後，他前往表妹黛西家中拜訪；遂於相隔多年後初次見到妹婿湯姆．布坎南：

比起在新港念書的那幾年，他改變了很多。現在他三十幾歲，身材健碩，頭髮呈現金黃的稻草色，舉止高傲，一副目中無人的樣子。他炯炯有神的雙眼散發著傲慢的光芒，永遠給人一種盛氣凌人的感覺。那套騎裝雖然講究得像給女孩子穿的，卻掩蓋不住他魁梧壯實的身軀——他的雙腿，將那雙鋥光瓦亮的皮靴從鞋帶頂端到腳背全都繃得緊緊的。他的肩膀一動，那薄外套下的大塊肌肉也明顯地起伏抖動。這是一個孔武有力的身軀，一個蠻橫的身軀。

尼克對這位曾是運動健將的妹婿顯然甚無好感。於此番亮相之後（作者費茲傑羅毫不掩飾自己對湯姆·布坎南的成見），僅僅相隔八頁，湯姆便當眾發表了一番歧視有色人種的謬論；再相隔四頁，就在宴席之間（沒錯，小說裡一頓晚飯還來不及吃完，食前方丈，所有關於自由、財富、奢華、一夜致富、平地起高樓——一言以蔽之曰，「美國夢」——的想像與作態尚且汁水淋漓地擺開在餐桌上），我們偷偷知道湯姆「已經」背叛了黛西：他在外頭養了個小三。這是好萊塢劇本的經典寫法（是以當我們發現作者費茲傑羅前往好萊塢以電影劇本維生時一點也不意外），多年後，我們會在類似的標準三幕劇電影中看見——羅曼·波蘭斯基（Roman Polanski）的《唐人街》，希區考克（Alfred Hitchcock）的《迷魂記》，等等等等。它們節奏迅速，環環相扣，一波未平一波又起，場面與場面之間未見任何拖沓。相形之下，很明顯是作者（而非「機緣」或「天意」）選擇了某個適切的時刻將一切該現身的細節全兜到了一場戲裡。一切皆嚴選，一切都在賞味期限之內。於一般小說中，這不見得那麼容易；但巧合的是，在費茲傑羅的作品中（《大亨小傳》尤然）卻恰恰簡單再一些——因為他需要的宴會場景實在太多了；只有動輒數十數百人的流水席才得以反襯散場後的荒寂，只有最華美潮熱的幻覺才得以支撐大亨蓋茲比的荒唐夢想。

然而後來的故事我們都知道了。天下無不散的筵席（對，在小說的後半段，荒寂是必然的，此處呈現的同樣是好萊塢三幕劇式的縝密）；而在故事的發生地西卵鎮，所有筵席的主人都是蓋茲比。蓋茲比開流水席的目的確實就是為了要讓它散去的。在以神祕手段致富之後，他在西卵鎮買下了豪宅——隔著一灣海水，那地點令他能夠日夜遙望少時情人黛西的住處。懷抱著不可思議的純潔，他盼望著已嫁給了湯姆的黛西能有一天逛進自己的宴會裡。然後他找上了敘事者尼克，希望尼克能幫忙安排他與黛西單獨見上一面。

黛西確實來了。我相信所有正常人都會期待他們破鏡重圓的——反正黛西的現任老公湯姆那麼討人厭不是嗎？反正他早就背叛了黛西不是嗎？這些我們都老早就都知道了，不是嗎？毫無疑問，這是費茲傑羅心機深沈的佈局，這誘使讀者們和大亨蓋茲比同時陷入一個夜間馬戲團般的華美幻象之中。表面上這幻象令人無可抗拒——公主和王子的漫長磨難終究結束了，是該過著幸福美滿的生活了——但實際上這場面暗影幢幢，如霧氣的形狀般難以捉摸。或者我們可以這麼說：愛情總是比煙霧更難以捉摸，同煙霧般傾向於無聲消融。黛西顯然依戀著蓋茲比，然而同時又態度曖昧——她舉棋不定，不知是否該就此放棄不怎麼完美的婚姻（以及相當完美的物質生活，以及「慣於」此類生活的惰性），轉身投入蓋茲比的懷抱。而蓋茲比呢？他比黛西單純得多；毀滅他的並非他對黛西的純愛，而是對純愛的貪婪。那貪欲如此純真無邪，璀璨耀眼，如同鮮花、香檳泡沫或豪宅中川流不止的人群般指向永恆的虛空。問題在於，對純愛的貪婪是有罪的嗎？對幻象的迷戀是有罪的嗎？答案毫無疑問是肯定的——儘管費茲傑羅如此描寫尼克與大亨蓋茲比的最後道別：

我們握握手，我慢步離去。走到樹籬的時候，我突然想起了什麼，於是轉過身去。

「他們是一群混蛋！」我隔著草坪對他喊道：「他們那群人全部加起來都比不上你！」

我一直很慶幸當時說了那句話。那是我對他說過的唯一一句讚美，畢竟我從頭到尾都沒有贊成過他。剛開始他只是禮貌地點點頭，接著他臉上綻放出那種容光煥發的會心微笑。他那件華美的粉色西裝在白色臺階的相襯下顯得特別鮮豔，我想起了我第一次來到他這棟豪宅時的情景，那是三個月前——當時他的草坪和車道上擠滿了猜測著他是靠什麼罪行賺得大錢的面孔，而他就站在臺階上，隱藏著他那無罪的夢想，揮手向他們道別。

這場景確實緊接於一則「罪行」之後。其時已逼近敘事之終結——致命車禍已然發生，一切事物皆瀕臨毀敗，而城市的無數幻影正試圖將其自身之輪廓隱沒入漫無邊際的蒼茫暮色之中。湯姆、蓋茲比、黛西、尼克一同進城去了——另一場聚會，技術上為了快速升高角色之間的衝突以導向終局，而炙人的暑熱則隱喻著所有人內心的焦躁——回程時，同車的蓋茲比和黛西不小心撞死了人。怯懦的駕駛黛西隱瞞了此事，因為有人十分樂意幫她隱瞞：蓋茲比，他乾脆地承認自己就是駕駛。「他們那群人全部加起來都比不上你」——對，因為蓋茲比頂替了那些幻象的罪行；但誰是「他們那群人」？當然是討人厭的湯姆．布坎南了——等等，不止，還有黛西（蓋茲比唯一的信仰，那曾經純潔美麗如幽谷百合的，那些年我們一起錯追的女孩），還有與主角尼克有著曖昧情愫的喬丹小姐——她們都是「他們」的一員，同時對反於那「The Great Gatsby」，理論上，與反派角色湯姆．布坎南並無二致。他們都是一夥的不是嗎？湯姆．布坎南如是（敘事者尼克的自白：「我不能原諒他，我也不會喜歡他，但是我看到他我記得的最後一件事，就是和黛西站在那裡，看著電影導演和他的大明星。他們還在那棵白梅樹下，兩人幾乎相貼的臉頰中透進一道慘白、黯淡的月光。我猜想他整個晚上都在慢慢地向她彎身，最終才能和她貼得那麼近。當我們望著他們的時候，他正彎下最後一小段距離，親吻了她的臉頰。

西元一九二五年。時年二十九歲的費茲傑羅剛剛出版了《大亨小傳》——他尚且是個炙手可熱的文學新秀，娶了貌美又有才氣的名門千金賽爾妲（Zelda Sayre），同時為了揮金如土的奢華生活產製大量短篇小說供稿給通俗雜誌。他自己就是明星，他自己就是幻象（一個天才作家，一位美女，一對璧人，觥籌交錯，彷彿一場永恆的電影，絕無散場燈亮之時）——一座鏡湖，水面上清晰無比的，龐然巨物般的倒影；一個守護著「愛之純潔」的幻象本身。那想必就是出生於冰雪之鄉明尼蘇達的費茲傑羅的夢想，他的愛，他身處其間的海市蜃樓。沒有什麼比對熾烈愛情的執著與貪婪更頹廢更「誤事」的了，也沒有什麼比那樣的堅持更動人的了。我們很難用任何文字去再現《大亨小傳》中那世故與天真、清醒與迷醉的奇異並存——如同故事結尾，終局臨至，蓋茲比已死，豪宅人去樓空，尼克已決定離開東部，離開紐約，放棄他那半途而廢的股票債券事業轉而回鄉；而作者如此描摹：「這就是我的中西部——不是麥田、不是大草原、不是瑞典移民的荒涼村鎮，而是我青春時代那些激動遊子之心的返鄉火車，還有寒冷雪夜裡那些街燈和雪車的鈴聲，以及聖誕冬青花環被窗內的燈光映在雪地上的影子」。所以，當整個浮泛著淡紅罌粟色澤的夜晚悄然消逝，當鈴聲淡去，當我們慢慢地彎身，再彎身，直到終於貼近了白梅樹下大明星的面頰，終於聞到了那蘭花般的淡淡香氣——

為此，我們繼續前行，像逆流而行的船隻，不斷地被浪潮推回到過去。

我的心滴在雪上的血痕

——馬奎斯《異鄉客》

在做愛的歇息時間，他們仍赤身露體，窗戶也不關，吸著船上垃圾由海灘漂進來的氣味、糞便的氣味，不吹薩克斯風的時候就聆聽院子傳來的家常聲響、香蕉樹下單調的蛙鳴、水滴落在無名墓上的聲音、他們以前沒有機會學的自然律動」——「自然律動」：這回不單單是心跳，還兼之以香蕉樹、蛙鳴、滴水聲、各式各樣的氣味，林林總總，無一不充滿「生之欲力」——甚至連祖母的鬼魂們都是「多情」的。關乎愛情？或許，但同樣關乎命運——後者更多些。

關於無可抗力之**命運**，我們還能說些什麼？馬奎斯還能說些什麼？他顯然有感而發不能自已，將之逕置為〈你滴在雪上的血痕〉之主題。是的，主題：命運。一句法語也不會說的比利帶著蜜月的九個行李箱住進了醫院隔壁街的小旅社。對於自小成長於富裕之家的他而言，世界上再沒有比「妮可旅社」更可怕的地方了；除了光線不足、熱水不夠、樓梯有水煮蛋花兒味之外，更難以忍受的是新婚妻子（拯救他人生的天使妮娜）不在身邊的空虛寂寞。這必然是馬奎斯刻意為之——此處，離開了妻子的比

第一，郭靖是個老實的好人，而比利．桑其士是個老實的混混；第二，

利・桑其士等於是掉進了一個生命的空洞。當然，如同生命之神祕，生命本身的空無原本也無所不在。這問題遠比表面上嚴重許多——於《存在心理治療》一書中，心理治療大師歐文・亞隆（Irvin Yalom）將之明確歸為四類：「死亡」（對於人之必死的迷惑與恐懼）、「自由」、「孤獨」、「無意義」。略分四類，並不表示此四類範疇彼此並無關——正好相反，逕以直覺即可判斷它們彼此交纏，互為因果。而對多數**渾沌**如比利・桑其士的芸芸眾生而言（《莊子》：「日鑿一竅，七日而渾沌死」），面對生命之空無，有唯二方式用以逃避之：其一，是「**完全不知道這回事**」；其二，是「**真的萬事順遂幸福到不行**」。後者機率極低，而前者，則端賴於個人智慧偏低。莽漢比利原本屬於前者；而在認識了天使妮娜・達康特之後，則歸屬於後者。這無庸置疑——娶到妮娜，他簡直爽斃了；但**現在**例外，**此刻**例外。在霪雨不斷、天色灰暗的巴黎，他身陷於未知命運的巨大羅網之中，必然也不會知道如何該處理汽車（賓利！）擋風玻璃上的罰單。即使是賓利也得被開罰單；不會法語的他怎麼可能搞得懂「單日要停在單號下雪了，也不會發現巴黎街頭因為這場美麗的大雪而隱然有種歡慶的氣氛——那與前幾日大使館外曇花一現的加勒比海豔陽完全相同，都是命運，長著一張漠然殘忍的臉，久已習於自行其是，對世間驚人的悲劇與喜劇同樣無動於衷。拉曼加公墓埋葬的不只是天使妮娜，還有比利．桑其士莫名其妙的人生。他們曾距離幸福僅只咫尺之遙（「墓地距離他們解讀第一把幸福之鑰的房子不過幾公尺」），然而終究擦肩而過。天地不仁，令人心頭淌血。

關於命運。這是我所讀過最恐怖的短篇小說之一——它是馬奎斯寫的，收錄於《異鄉客》，與魔幻寫實這件事幾乎一點關係也沒有。

賈西亞·馬奎斯

GABRIEL GARCÍA MÁRQUEZ（1927-2014）

一九八二年諾貝爾文學獎得主。一九二七年生於哥倫比亞小鎮，拉丁美洲魔幻寫實主義代表人物之一，名作如我們所知：《百年孤寂》。米蘭·昆德拉（Milan Kundera）曾於一短文中討論《百》書中的人物命名問題。是，昆德拉說得對極了，我們確實不容易弄清楚那四五個奧瑞里亞諾、七八個阿加底奧·布恩迪亞之間的差別；這除了折磨讀者之外，也簡直是在為難那些人物關係圖的編纂者。（可憐的編輯！）而昆德拉的看法是，沒錯，馬奎斯當然就是故意的，他使用重複姓名隨機產生器的目的，正是取消**個體獨特性**，刻意將讀者擲入系譜的迷宮之中——於此，時間洪流浩浩湯湯，個體被消滅，代之以一組又一組的同名序列（奧瑞里亞諾們、阿加底奧們），而「歐洲個人主義的時代已經不再是他們的時代了，可是他們的時代是什麼？是回溯到美洲印地安人的過去的時代嗎？或是未來的時代，人類的個體混同在密麻如蟻的人群中？我的感覺是，這部小說帶給小說藝術神化的殊榮，同時也是向小說的年代的一次告別。」

這論點深沉，武斷，尖銳，帶有昆德拉式的洞見與其狡獪之慣性，需要解釋。他的意思是，於其個人之小說史觀中，現代主義小說的人物們特別不愛生小孩——因為「後裔的終結」正象徵著個人獨特性的標舉。（如何面對一個小孩？至少有著你一半基因，介乎雷同與差異之間，且個人的任何特質皆可能於小孩身上被精準複製？）而《百年孤寂》在小說史上的革命意義在於，布恩迪亞家族雖同樣以絕子絕孫告終（後裔之終結），然而其中的個體獨特性卻也被馬奎斯的命名策略徹底消滅。這是現代主義內部一個嶄新的矛盾——標舉個體獨特性的現代主義傳統V.S.泯滅個體獨特性的現代主義《百年孤寂》——亦因之而被昆德拉界定為「向小說的年代（即現代主義時代，強調個體殊性的年代）的一次告別」。對此，育有二子的馬奎斯不知作何感想——二〇一四年四月十七日馬奎斯以八十七歲高齡辭世，我們再也沒機會問他了。

聖者活在他們自己的時空

——再讀馬奎斯《異鄉客》

馬嘉利托．杜瓦特來到羅馬（準確來說，其實是羅馬城中的梵諦岡）的原因原本十分單純——他的女兒是個「聖者」，他是來求認證的。此事純屬意外，起先也並不令人開心——來自哥倫比亞安地斯山脈的他（一個基層小公務員）原本家庭幸福美滿，但太太不幸病死，小女兒也在七歲那年死於原因不明的發燒。二人均長眠於村莊附近的墳地。然而世事難料，數年之後，由於當地計畫興建水壩，政府當局要求村民們將墳墓們集體遷移。於是死人就這麼硬生生給活人挖醒了——打開親人墳墓，馬嘉利托發現妻子已灰飛煙滅化為塵土，但令人驚訝的是，小女兒的屍身卻完好如初，且居然並無重量。肉身不壞是聖徒的明確徵兆，村裡出了個聖者也備感光榮，於是村人們集資讓馬嘉利托帶著小女兒來到羅馬，尋求教廷當局的正式認證。

孑然一身的馬嘉利托把美麗的小女孩（他唯一的擁有物，女兒，「聖者」，一個死人，一具屍體）裝在一個大提琴匣子裡。大提琴匣者，何也？（他想偽裝成音樂系學生嗎？）——或可如此破譯作者馬奎斯在〈聖者〉當中佈置的象徵體系：音樂。自己的世界。那是個音樂般的密閉空間，唯於其中（於演奏中，於聆聽中，於此一高度抽象化藝術形式之流動中），時間暫時凝止——一個關乎主題的暗示。而關於「聖者」其屍身，馬奎斯如此描摹其情狀：

馬嘉利托・杜瓦特在安靜的巴里歐利區的膳宿公寓中一面向我們訴說他的故事，一面開了掛鎖，掀開了美麗的箱匣外蓋。男高音里伯洛・西爾瓦和我就這樣參與了這件奇蹟。她不像世界上很多博物館裡所見的木乃伊，是一個打扮像新娘的小女孩，沈睡在地下這麼久，還安詳地睡著。她的皮膚光滑又溫暖，張開的眼睛好清澈，叫人覺得一雙眸子正由死亡世界望著我們，那種印象叫人難以忍受。頭冠上的緞子和假橘子花不如她的皮膚耐久，可是放在她手上的玫瑰卻還活生生的。我們把屍體搬出來，松木匣的重量真的一點都沒改變。

她明明是死的，但看起來卻像活的；換言之，她**雖死猶生**——這是作者馬奎斯在〈聖者〉中首次明確觸及主題：**聖者活在他們自己的時空**。但那是聖者自己的事——「畢竟只是」聖者自己的事；沒能讓馬嘉利托的任務更順利一些。這或許也不令人意外，因為俗世的人們原本活在俗世，總是傾向於多一事不如少一事。每天馬嘉利托背著大提琴匣子到處亂跑，一會兒去見本國的外交機構（外交人員們雖表示同情但愛莫能助——這勉強說得通，誰說認證聖者也算是外交工作了？他們可能每天處理鄰國海岸警衛濫殺我國漁民的意外事件即已焦頭爛額，誰理你這個聖者啊？）；一會兒現身教廷文書課獻上自己長達六十頁的陳情信函。他甚至打開匣子將聖者直接展示給文書課職員看；但職員們毫無興趣（想像他們打呵欠的模樣），因為去年教廷當局總共收到八百封以上來自全球各地的信件要求將不朽的屍身策封為聖者。然而馬嘉利托也不放棄，反正他招數還很多，有一次他同樣背著聖者去參加教宗在甘多佛堡舉辦的每週晉謁祝福活動——就是直接去堵教宗的意思——以為有機會讓教宗親自看到他的小女兒；但教宗只是在陽台上現身，用六種語言祝福所有人，接著就閃人了。凡此種種，都只是他最初的努力而已。作者馬奎斯的說法如下：

> 他每天很早就帶著裝「聖者」的匣子出門，有時候晚上很晚才回來，筋疲力盡，心情哀淒，卻總帶著一線光明，對第二天充滿了新希望。「聖者活在他們自己的時空，」他常說。

聖者活在他們自己的時空。什麼意思？對，聖者擁有他們自己的時空，而不在「我們」身處的這個時空——然而話說回來，我們所在的又是什麼時空？答案：一個**平凡庸常的現實世界**。我們有（與生俱來且揮之不去的）父母，我們有（與生俱來且揮之不去的）國籍，我們會遇到的是（與生俱來且揮之不去的）外交官僚；而為了尋求一個聖者的正式策封，我們打交道的對象是（與生俱來且揮之不去的）梵諦岡教廷官僚——官僚總是官僚，教廷的官僚也不會比外交機構的官僚更不官僚，因為他們終究只是凡人，他們活在「我們」這個時空——不像聖者。這是神聖與世俗之間難以跨越的鴻溝。弔詭的是，即便是教宗，即便是教廷，皆完全倚賴此類俗世機制進行一切運作，原因很簡單——人終究是人，人非聖者。人非聖者，誰能不俗？

那麼除了聖者，還有什麼人也活在自己的時空？或者，讓我們換個方式來理解此一問題——一介凡人，非神非聖，然而是否可能，於某一極其幽微之瞬刻，突然「超凡入聖」，活進了**他們自己的時空**？答案是有的。有的。看電影的人活在他們自己的時空；讀小說的人活在他們自己的時空；而在某些時候，電影和小說的創作者，以及唱歌的男高音里伯洛·西爾瓦（歌唱家，歌聲的創作者，人聲音樂製作機——記得那個大提琴匣嗎？聖者的「陰宅」？音樂的隱喻，同一主題之變奏形式）也活在他們自己的時空。這些人（加上敘事者「我」——來到羅馬「實驗電影中心」學電影的拉丁美洲留學生）群集於羅馬舊城區此棟無法無天的膳宿公寓（名為「波吉斯別莊」）中，隸屬於同樣無法無天的房東瑪麗亞美人兒管轄，很容易一不小心，就全都掉進了「他們自己的時空」。在那般古老而美好的夢境中，男高音可以清晨或深夜練歌而不遭到鄰居的噪音投訴（某天早上他推開窗戶練一首男女對唱情歌，樓下的庭院竟兀自傳來美妙的女聲應答，兩人愈唱愈起勁，一不作二不休唱完了整支《奧塞羅》選曲，鄰居們紛紛開窗，樂不可支地沉醉於美麗的歌聲中；男高音事後得知與他對唱的女主角竟是某著名女高音明星，嚇得不知如何是好）；在那樣的夢境裡，「我」可以和男高音密謀幫每天忙得不可開交的馬嘉利托解除心中的寂寞——他們找了個可愛的小妓女（這群妓女竟也如在夢中，比A片更令人神往——她們既漂亮又親切，根據馬奎斯的描述，「她們不顧這一行的行規，不惜失掉一個好嫖客，陪我們在街角的酒吧喝咖啡聊天，或者搭馬車環遊公園小徑……我們不只一次替她們和走入歧途的外國人充當翻譯」，啊，連妓女和嫖客都活在他們自己的時空），付錢給她，把她當作送給馬嘉利托的小禮物，吩咐她脫光衣服拜訪馬嘉利托——結果馬嘉利托浪擲時間金錢，穿起全套西裝皮鞋恭敬接待這神聖的裸體午餐，除了說話之外什麼事都沒做。在那樣的時空裡，「實驗電影中心」裡負責教授「情節發展」和「電影腳本寫作」的大師西沙雷．札瓦提尼是夢境與現實的橋樑。大師不愧是大師，老西沙雷本質上就是一部杜撰情節的機器，他頭上彷彿隨時有一群燐光閃閃的鳥兒在飛舞，必須等到所有情節全部構思結束，角色與場景各歸其位，那群鳥兒才會消失——這聽來有點像某種特異強迫症，為所有小說家夢寐以求。大師聽聞有此「聖者」奇人奇事，興致盎然，遂於自宅親自接見了馬嘉利托。他親手打開大提琴匣，然而反應卻令在場所有人大感意外：

「嚇死人！」他驚惶地低聲說。

他默默看了「聖者」兩三分鐘，親自關上長匣，把馬嘉利托當作初學走路的小孩，一語不發領他到門口，拍了他的肩膀幾下，向他道別。「謝謝你，孩子，非常感謝你，」他說。「願上帝與你同在，陪你奮鬥。」他關上門的時候，轉向我們，說出了他的結論。

他說，「不適合拍電影。沒有人會相信這種事。」

房東瑪麗亞美人兒活在她自己的時空，膳宿公寓「波吉斯別莊」的人們活在他們自己的時空，看電影的人（至少在看電影時）也活在他們自己的時空；然而拍電影的人，則是「有時候」活在他們自己的時空——這完全合理，因為無論如何，他總須顧及現實，必須以現實材料造作出一本質上迥異於現實之夢境。電影：虛構的夢，大致符合現實世界之邏輯，但要之不是真的。那是「拍出來」的，是選角、打光、表演、攝影與剪接的最終成品。優秀的創作者必須有能力在兩個世界中自在切換才行。而作為夢境與現實之間的中介者（醒著做夢的人，清醒的迷醉者），大師西沙雷．札瓦提尼給出了再簡單不過的判決——「沒有人會相信這種事」。

沒有人會相信，但馬嘉利托例外——畢竟他本來就是來求認證的不是嗎？光陰荏苒，數年時光飛逝（唉，人生還能有幾個「數年」？），教皇已又故去幾位，事情似乎露出了曙光，因為新的這位似乎不太一樣——

教皇的一位親戚被馬嘉利托的故事感動，答應插手幫忙，為馬嘉利托安排一次個別晉謁。那是聖者最接近成為聖者的一刻——不，這樣說不準確，那是我們凡人的想法。對聖者而言，這些終究無關緊要，他們活在自己的時空。某日，教皇親戚傳來口信，請馬嘉利托這幾天千萬別出門，因為教皇隨時可能召見。馬嘉利托緊張萬分，足不出戶，宅在家裡好幾天，就怕錯過了晉謁。然而數日之後，下週一早上，他看見門縫下塞進來的報紙，差點以為自己老眼昏花——「教皇駕崩」。

所以事情便又錯過了。這顯然是作者馬奎斯刻意的惡戲，暗示的是：沒錯，某些時候，我們或曾為幻象所惑，夢境看來如此觸手可及，近乎成真（《大亨小傳》中的蓋茲比想必對此體悟甚深）；然而世界往往曲折離奇近乎不可解，蜃影終究只能是蜃影——對於真正懷抱夢想的人而言，夢境與現實的距離從來就比表面上看來還更遠些。大師西沙雷．札瓦提尼（一位天才劇作家；但同時也是位精算師、製片者）眼中的現實（「沒有人會相信這種事」）其實正是命運本身之隱喻。試問：命運之神何必相信此事？何必屈從於所謂夢想？何須與你妥協？殘酷現實的祕密如若正是天機所在，那麼又豈是卑微如你者所能參透？你想當聖者也好，電影導演也罷，我又何必把你放在眼裡？

主題：信仰。意志。信其所不能信者；以意志與命運對作。〈聖者〉的主題與〈你滴在雪上的血痕〉之主題恰恰分屬相擷抗之兩端。就這麼一天天過去，好事多磨，馬嘉利托和「聖者」等得實在太久，等到男高音里伯洛．西爾瓦搬離了「波吉斯別莊」，等到「我」也離開了「實驗電影中心」學成歸國，甚至等到「我」垂垂老矣，在整整二十二年後舊地重遊，從而竟與這年輕時代的傳奇故事再度相遇——馬嘉利托．杜瓦特和他的小女兒。「聖者」。小說結尾值得大段照錄：

我在初識馬嘉利托．杜瓦特二十二年後重遊羅馬，如果不是兩個人意外相逢，我可能根本不會想到他。天氣惡劣，我心情不好，所以不會想到任何人。暖湯一般的白痴毛毛雨下個不停，以前那種鑽石陽光已變得泥濁濁的，曾經屬於我且在記憶中念念不忘的地方現在對我而言十分陌生。膳宿公寓那棟大樓還沒變，可是已沒有人知道瑪麗亞美人兒的消息。多年來男高音西爾瓦先後給了我六個不同的電話號碼，打過去都沒人接。我跟新的電影界人士吃早餐，提到老師的舊事，全桌的人突然悶聲不響，過了一會才有人鼓起勇氣說：

「札瓦提尼？沒聽過。」

這話不假：沒有人聽過他的消息。「波吉斯別莊」的樹木在雨中亂蓬蓬的，失意妃子們騎馬走過的路已經長滿無花的荒草，當年的公園美女換上愛穿異性奇裝異服的運動型陰陽人。在快要絕跡的所有風物中，唯有獅子存活下來，在乾水窪圍繞的孤島中滿身疥瘡，還有傷風的毛病。史巴娜廣場的塑膠飲食舖沒有人唱歌，也沒有人害相思病死掉。我們回憶中的羅馬現在已成了凱撒時代古羅馬城中的另一個古羅馬了。這時候一個很像昔時傳過來的聲音在崔斯特維爾的一條窄街上突然叫住我：

「嗨，詩人。」

是他，衰老又疲憊。已經死了四個教皇，永恆的羅馬正露出開始衰朽的初兆，而他還在等。「我已經等了這麼久，現在不會太久了，」我們吐露了將近四小時的懷舊心聲之後，他向我告別，「說不定再過幾個月就有結果。」他一步一步沿著街心往前挪，腳穿戰鬥靴，頭戴老羅馬人的褪色小帽，光線漸暗，他對下雨造成的水窪視若無睹。此時我已完全確定「聖者」就是馬嘉利托本人，即使以前曾有疑惑，那一刻也完全消除了。他還在世，藉著女兒不朽的肉身，他不知不覺為自己被策封為聖者的正當目標奮鬥了二十二年。

這是〈聖者〉，收錄於短篇小說集《異鄉客》。世界短篇小說史上的經典結尾之一，同時亦是屈指可數令人想起立鼓掌的經典終局——物非人非，寶變為石；老西沙雷不見人影，男高音「對不起您所撥的號碼是空號」，鑽石般的美麗陽光被偷換成了白痴毛毛雨，可愛的妓女和嫖客們被逐出夢境回到現實。教皇死了四次，「我」也心情不好。心情不好些什麼？俗人也者，無非為了些俗世事務在煩惱。那回憶中夢境般美麗溫柔的羅馬已不復見，所有人都失去了無法無天的自由。當我們苟活於現實時空之中（而終究不再妄想真有「另一個時空」之可能性——換言之；**人與夢偕同老去**）時，「聖者」和馬嘉利托是唯二或唯一的例外。這最後的轉折堪稱神來之筆：馬嘉利托．杜瓦特來到羅馬（梵諦岡）的原因原本單純無比；而整整二十二年後，這原因素樸依舊——「聖者」非僅一人，他自己也是「聖者」，他是來策封他自己的。唯有真正的聖者才能無怨無悔百折不撓地追求自己的價值與信仰，經年累月渾然不覺其苦，甚或樂以忘憂。不知不覺，馬嘉利托活在自己的時空裡已二十二年了；但後知後覺的我們畢竟只是凡人，我們直到現在才知道。

賈西亞·馬奎斯
GABRIEL GARCÍA MÁRQUEZ（1927-2014）

賈西亞·馬奎斯的出生地是哥倫比亞的北方小鎮阿拉卡塔卡（Aracataca）——馬康多鎮的原型，《百年孤寂》中香蕉公司（美國聯合水果公司）所在地。正是這樣一間公司在剝削香蕉工人引爆大規模罷工潮之後，和政府軍勾結進行了血腥鎮壓屠殺，導致數千人死傷。資本主義。資本主義時代，我們必可預期阿拉卡塔卡會有一座徹底觀光化的「馬奎斯博物館」吧？——對，有的；然而資料顯示，其規模甚小，其氛圍荒涼而寂寞——據說在那裡還買不到一個馬奎斯馬克杯或馬奎斯鑰匙圈。這未免太不資本主義了。事實如何我並未查證（誰來付我機票錢讓我去查證一下，笑），然而這似乎巧合地隱喻了馬奎斯和祖國的關係。他和哥倫比亞是疏離的——至少自從他因政治因素而被迫離開哥倫比亞開始。黑名單終有解禁時，但馬奎斯後半生多數時間定居在墨西哥。「異鄉客」？The Pilgrims——「朝聖者」，這是否代表著歐洲在老拉丁美洲人心目中的地位？或許是，或許亦不盡然，但我相信那總有些地理上的隱喻意義——生活在他方，而信仰與意志則歸屬於心中的他方。或許這對每一位認真的藝術家都成立：「聖者活在自己的時空」，不是嗎？

真正存活的只有沙漠本身

——村上春樹《國境之南，太陽之西》

類同於《挪威的森林》，《國境之南，太陽之西》是村上春樹長篇中奇幻色彩較淡薄之一部（較諸其餘重要長篇如《世界末日與冷酷異境》、《1Q84》、《海邊的卡夫卡》等等，此點十分明顯）；換言之，也就是近乎毫無疑問向寫實之一端傾斜。然而一無意外，全書中唯一的奇幻成份為情節之重大關鍵——那裝著十萬日圓的信封。十萬日圓的信封是怎麼來的？說來話長：獨生子男主角阿始一生中有三個女人——小學時期的青梅竹馬島本（也是位獨生女，曾罹患輕微小兒麻痺，故有些許跛腳，拖著一條腿走路），中學時期的初戀情人泉，以及妻子有紀子。這中間穿插了一位泉的表姊——小說中連姓名也沒有——儘管正和可愛的初戀情人泉談著戀愛，但高中生阿始在偶然的機會裡見到泉的表姊，便深深被吸引。這所謂「吸引」幾乎全然無涉於人類的情感層面，而單單以「暴風雨般之性驅力」的形式呈現。於是在阿始劈腿期間，他和這位表姊的幽會是這樣的：

我和那位泉的表姊從此以後的兩個月之間，腦漿都快溶掉似地激烈做愛。我和她既沒去看電影，也沒去散步。既沒談小說、談音樂、談人生，也沒談戰爭、談革命，什麼也沒談。我們只是性交而已。當然我想輕微的寒暄之類可能是有的。不過到底說了什麼幾乎都想不起來。我們記得的，只有在那裡的一些瑣碎的具體東西的印象而已。放在枕頭邊的鬧鐘，掛在窗上的窗簾，桌上的黑色電話機，月曆的照片，床上她脫掉的衣服。還有她肌膚的氣味，和那聲音。我什麼也沒問她，她也什麼都沒問我。

除了真正必要的時候，我們連吃喝都免了。我們只要一碰面，幾乎連口都沒開就立刻脫衣服，上床擁抱，做愛。那裡沒有階段，也沒有程序。我在那裡所提示的東西只有單純的貪慾而已，她可能也一樣。我們每次見面都性交四次或五次。我是名副其實地精液耗盡為止，激烈得龜頭都漲起疼痛。不過雖然那麼樣的熱情，雖然互相感受到那麼激烈的吸引力，但彼此腦子裡都沒有想到過自己已經變成了男女朋友，以後能不能長久幸福地在一起之類的事情。對我們來說，那是所謂龍捲風似的東西，終究是要過去的。

純粹的，壓倒性地性吸引。然而島本是個對立面。或許每個男人的一生中，都會遇見除了紅玫瑰和白玫瑰之外的第三個女人，類似島本這樣的女人——一位同時兼作心口之硃砂痣與床前明月光的女人。這樣的女人，久了不會是蚊子血，不會是飯黏子（而其紅與白之純色一如往常，豔麗鮮明而永無褪淡之日），永遠地嵌入了人們的思緒和記憶之中，絕對且無可妥協地存在著。出之以島本所言，那是種「不存在中間性」的存在；以《蒙馬特遺書》為例，一切都「非如此不可」（沒有餘地，沒有選擇，除了將刀鋒刺入心臟之外別無他法）——在「不存在中間性」的地方，「中間」也不存在。

島本這般的女人，島本這般的情感。村上春樹顯然是個「牽手控」——他相當喜歡牽手的感覺，於是，無論《國境之南》中的阿始與島本，抑或《1Q84》中的青豆和天吾皆如此：他們總在童年時期，在對於

「愛」這件事（愛：這世間，曾存有過這樣的情感，曾讓你在瞬間感受到自己絕對的不完整，感受到生命本然的孤獨，感受到對對方「非如此不可」的劇烈激情）尚且懵懂無知之時，便經歷了類似事件：男孩和女孩牽著手，感受到對方那毫無保留的，誠摯的溫柔。然而殘忍的是，這樣的事，所謂「愛」——來自於那絕對的女人——幾乎全無道理可言，完全依賴機運。也因此，得之我幸，不得我命。在小學畢業，與青梅竹馬的島本分離之後，阿始獨自上了中學，展開與泉的初戀，並因與泉的表姊之劈腿關係而深深傷害了泉。其後，於漫長而乏味的大學與職場生涯之後，阿始遇見了妻子有紀子，生了個女兒，經營爵士酒吧；並終究在酒吧中與島本重逢。

是的，《國境之南，太陽之西》確實就是個外遇故事；但阿始和小三島本之間存在著貨真價實的愛情，如假包換（有紀子，我們回不去了）。正是在這樣的氛圍下，「十萬日圓信封」的由來在整本書的寫實基調中顯得虛幻無比——事實上，在與有紀子結婚之前，在那漫長乏味的職場單身生涯中，阿始曾在街頭巧遇島本——他先是看見了一位拖著腿走路的女人，背影與島本一模一樣；而後，彷彿被不知名的魔魅力量所控制，他不由自主地跟蹤島本跟蹤了一段時間。他始終沒能確認那是否就是島本。然而，跟蹤尚未結束，突然有個男人抓住了阿始的手臂，交給他一個白色信封，警告他不要插手，也不准追問任何事；而島本就在此刻上了計程車，消失在人群中（這麼一消失，再出現就是八年後的事了，唉）。阿始茫然收下白色信封，事後打開一看，信封裡裝著十萬圓。而這個信封，被阿始慎重的收藏在一個絕對安全的地方。

八年後，在兩人僅有的一夜纏綿之後，阿始與島本的外遇以島本再度失蹤作結——阿始已下定決心放棄家庭，兩人結伴前往他位於箱根的別墅；然而一宿過後，早上醒來時，島本已不見人影，別墅中甚至缺乏島本曾存在過的任何痕跡。阿始悵然若失，獨自開車返回東京，與妻子有紀子分房，重新思索這場既短暫又漫長的外遇：

接下來的兩星期左右，我繼續住在無止無盡的記憶重現中。我一一想起和島本度過的最後一夜所發生的每一件事，努力去想那其中是不是有什麼涵義，試著從裡面讀出什麼訊息。我想起抱在我手臂中的島本，想起她伸進白色洋裝下的手。想起納金高的歌，和暖爐的火。試著再現她那時嘴裡說過的每一句話。

「就像剛才說過的，對我來說中間是不存在的。」島本那時候說。「我心目中是沒有中間性的東西的，在中間性的東西不存在的地方，中間也不存在。」

「我已經決定了，島本。」那時候我說。「妳不在的時候，我考慮了很多次很多次，然後我已經下定決心了。」

我想起坐在車上島本從助手席一直看著我時的眼睛。那含著某種激情的視線，彷彿還清晰地烙在我的臉頰似的。那或許是超越視線之上的東西吧。那時候她所散發著的類似死亡氣息的東西，現在我可以清楚地感覺到。她本來是打算要死的。很可能她是為了和我兩個人一起死，而到箱根去的。

「而且我也會要你的全部噢。全部噢。你知道這意思嗎？你知道那意味著什麼嗎？」

這樣說的時候，島本是在要求我的命。現在，我才明白。就像我拿出最後的結論一樣，她也拿出最後的結論。為什麼我那時候沒有聽懂呢？也許她打算和我擁抱一夜之後，在回程的高速公路上，把BMW的方向盤一轉，兩個人一起死掉。對她來說，我想除此之外或許沒有其他的選擇了。但是由於某種原因她打消了這個念頭，然後把一切謎團吞進肚子裡，自己消失了蹤影。

換言之，島本是個「將死之人」，或至少是一「與死有關」之人（這點在島本親手將小孩的骨灰灑入流往日本海的溪流中時亦已獲得確認）——《挪威的森林》：「死不是生的對立面，而是生的一部份」。然而或者因為個人歷史，或者因為脾性，或者因為其他因素，對於島本而言，「中間性不存在的地方，中間也不存在」。島本已選擇拒絕將死亡納入生命之中——由是，並沒有摻和在「生」之中的「死」；在某些時刻，我們只能義無反顧地被拋擲向死亡的一端——那即是「太陽之西」，正如阿始的高中同學所說，「真正存活的只有沙漠本身」：

「小學時候不是看過華德迪斯奈的電影『沙漠奇觀』嗎？」

「有啊。」我說。

「就跟那個一樣。這個世界就跟那個一樣啊。雨下了花就開，雨不下花就枯萎。蟲被蜥蜴吃，蜥蜴被鳥吃。不過不管怎麼樣，大家總有一天都要死。死了就變屍體。一個世代死掉之後，下一個世代就取而代之。這是一定的道理。大家以各種不同的方式活，以各種不同的方式死。不過那都不重要。最後只有沙漠留下來。真正活著的只有沙漠而已。」

沙漠是什麼？理論上，除了石礫與風沙之外空無一物。但且慢，真是如此嗎？並不盡然，因為儘管乾枯無比，沙漠自有其生態系，有仙人掌，響尾蛇，或其他形形色色的蟲、蜥蜴或鳥。然而在時間洪流中，各種活體，各種「生之靈」終將化為死屍——那是沙漠的**自然律**；當然，在村上春樹筆下，在《國境之南，太陽之西》中，必然也是生命的自然律。世界的本體論：虛無。是的，《國境之南》的主題，其實正是**虛無**，以及對虛無的愛與賤斥，擁抱或疏離，接受或不接受。也唯有如此，我們才能正確解讀島本的「存在」：這位阿始的青梅竹馬（與阿始同為獨生子女），三十七歲，有著迷魅笑容的美麗女子，或許自始至終（或至少自童年分別之後），無論是在小說的寫實意義或象徵意義上，極可能只是阿始心中的幻影。於島本失蹤之後，白色信封亦隨之消失，甚至未曾留下任何有關於她的存在痕跡。仔細檢視《國境之南》所有關於女主角島本的細節，自這場外遇伊始（由島本首次出現在阿始的爵士酒吧起算），作者村上幾乎未曾描寫島本與其他角色間（除了阿始本人之外）較長時間的互動——包括爵士酒吧的員工。島本的現況，島本的背景，島本的個人歷史，都被那充滿神祕感的，樹海迷霧般的話語或死亡意象所隱蔽了。然而矛盾的是，唯有在與島本相處的當下，或正回味著與島本相處的任何細節之時，阿始方才感覺自身存在之重量（「接下來的兩星期左右，我繼續住在無止無盡的記憶重現中」）。而如此真實的情感所伴隨的唯一物證（裝著十萬日圓的白色信封）卻已然消失。桶中大腦。真正存活的，只有沙漠本身。虛無。藉由此一外遇故事，村上想訴說的極可能是，「存在」僅有二種可能，一種是**虛無**，另外一種則是「懷抱著人生終將被救贖的妄念，再無可迴避地撞上**虛無本身**」——當然，在撞上虛無的同時，妄念也終將粉碎。那正是太陽之西，西伯利亞歇斯底里。而後者更能彰顯虛無（作為生命的本體論）的巨大力量：虛無是真正絕對的存在，「沒有中間性」的存在。而生而為人最大的悲哀在於，即使在某些時刻我們可能暫時擁有某些絕對性的事物（例如島本，例如那熾烈而令人粉身碎骨的愛，例如其他任何「不存在中間性」的事物），但在無比強大無堅不催的沙漠面前（**虛無**面前），那終究只是捉摸不定的片刻，只是腦中稍縱即逝的蜃影。

這就是《國境之南，太陽之西》：真正存活的，只有沙漠本身。

村上春樹

MURAKAMI HARUKI（1949—）

格雷安・葛林（Graham Greene）的名言：童年是小說家的存款。以此標準而言，村上春樹的個人戶頭顯然非常空虛——他出生於平凡無奇的日本關西中產階級家庭，小時家庭關係並不特別（老爸沒小三，媽媽沒小王），學校成績不好不壞，像所有普通學生一般交朋友和女朋友，偶爾結伴出門遊玩，自己一個人在家裡聽音樂看書；唯一稍有殊異之處可能是，他是個獨生子——這在當時的日本並不常見；然而根據他自己的說法，「因為是獨生子所以也沒有糾紛」，「可以說是平穩無事的少年時代，總之，沒有一件想要寫進小說的事情」。然後這樣一位小說家向我們示範了如何白手起家（從空空如也的童年戶頭中硬生生製造出貨幣來，簡直像聯準會印鈔票）——「漸漸知道一件事，就是幼年時代，少年時代，自我其實仍受過各種傷痛」、「我並不是在責備父母。父母也盡了力。任何動物都一樣，都把要活下去該知道的know-how傳遞給孩子。人的情況和其他動物不同，因為運作著非常複雜的社會生活，因此know-how也變得更複雜。不過傳遞know-how這件事，某種意義上是讓迴路閉鎖起來的行為」——何謂「閉鎖迴路」？村上的意思是，那是一種價值體系與世界觀的（半強迫）植入，對一個敏感的孩子而言，無論如何都帶有某種程度的傷害性；因為那等於是將一準備敞開自己，藉以逐步進行自我組構的心靈旅程（出之以《1Q84》的語言：Perceiver＝知覺者之形成）中途截斷。於此，村上含蓄地提示了自己的個人創傷。我個人完全同意這樣的看法——若說《挪威的森林》與《國境之南，太陽之西》的核心都指向虛無，那麼「巨大且無從迴避之傷害」應當就是村上用以將之嫁接於現實（小說的寫實世界）的媒介了吧。

愛是唯一的存在價值

——村上春樹《1Q84》

兩則小說中的虛構文本（小說中的小說）關鍵性地支配著《1Q84》皇皇三冊龐巨之世界：其一，小說角色深繪理的暢銷自傳性小說《空氣蛹》；其二，德國小說〈貓之村〉。

首先略述後者。根據《1Q84》書中所述，〈貓之村〉寫成於兩次世界大戰之間。熱愛旅行的青年背著背包獨自上路，開始他漫無目的的旅程。方法如下：搭乘列車，隨機挑選任一小站下車，投宿旅店，愛待多久便待多久，直至失去新鮮感，再搭上火車，前往下一隨機目的地。某日，青年來到小鎮，為古老小鎮的神祕氣息所吸引。他獨自下車進站（注意，並無其他旅客在此下車），意外發現車站中並無任何服務人員。出站後漫步大街，唯一的旅店櫃臺亦無人跡。所有商店都拉下了鐵捲門。青年誤以為自己來到了被人們遺棄的廢城，意欲離去，但車班有限，別無他法，只能在此過夜，等待明日上午的早班車。

然而那其實絕非廢城。那是貓兒們的小鎮。當白日逝去，夜幕落下，各樣花色品種的貓兒們便紛紛出現。商店裡的貓兒們拉起鐵門開始營業，市場上的貓兒們彼此討價還價，辦公室中的貓兒們穿上了體面的制服開始辦事。牠們吃食，交談，行走，爭執，飲酒作樂。貓之村的日常生活。然而貓兒們似乎對除了貓自身之外的其他生物萬分忌諱。青年害怕極了，連忙躲進鎮上最高的鐘樓塔頂。一夜過去，白晝臨至，貓兒們魚貫離城（只一瞬間，貓之村又回復到原先萬徑人蹤滅的廢城模樣），青年趕忙來到車站，卻眼見列車飛馳駛過月台，對他視若無睹。青年只能回到鐘樓塔頂，繼續匿藏困鎖於彼。如此日復一日，直到貓兒們聞到了人的氣味，組成搜索隊，層層向上，進入鐘樓塔頂，來到隱蔽於黑暗中，恐懼不已的青年面前——

沒事。居然沒事。貓兒們居然什麼也看不見。牠們聞聞嗅嗅，搖頭晃腦，無比疑惑（奇怪，明明有人的氣味呀）；但終究放棄，轉身下樓，回到小鎮各自的居所，回到牠們原先豐富熱鬧的日常夜間生活之中。青年恍然大悟，帶著巨大的孤獨與悲哀——他明白，這就是「我」浪遊的終點，這就是「我」該消失的地方；那白日的車班終究不會再來，而「我」

從來便不曾存在。

毫無疑問，這是相當精采的獨立短篇小說，即使將之抽離於《1Q84》之外亦復如是——「漫無目的的浪遊」其實正是生命旅程精準的隱喻，至少對多數人而言是，因為本質上，「**存在即被拋擲**」。且容我作個思想史性質的過度附會：西元一八九九年，初版《夢的解析》成為二十世紀人文思潮地殼變動的震源之一，而兩次世界大戰與猶太大屠殺則粉碎了人類知識階層基於理性所構築的美麗夢想——這必然回身呼應了佛洛依德，因為那正是《夢的解析》所意圖揭示的，人的潛意識世界，「非理性」巨獸般的力量。於此一意義上，《夢的解析》已成為一則痛苦的預言。而如若〈貓之村〉恰恰寫於兩次大戰之間，那麼我們或可如此釋義：那孤獨閉鎖於黑暗高塔上的青年（相對於盲眼的貓兒們——眾人——而言）所擁有的正是一對清明的文明之眼：在經歷一次世界大戰之後，人類即將，且終將領悟自己的徬徨與無所依傍；而存在本身即是虛無。但在二戰臨至之前，我們還有些時間，足供逃躲，猶豫，自我囚禁，自我懷疑——就在那孤立的高塔之上。

這是〈貓之村〉的歷史隱喻——我個人的過度聯想。但即使全然將之棄去不談，於《1Q84》本身脈絡中，〈貓之村〉依舊直接影射了男主角天吾的身世。獨子天吾自小成長於單親家庭，由父親扶養長大。身為NHK收費員的父親性格拘謹，處事嚴厲，對天吾亦欠缺溫情；甚至每逢假日，便強迫年幼的天吾與他同在市區中四處轉悠，收取NHK收視費用。這職業以「可怕」形容並不為過，因為其業績來自於收費者與被收費者之間伴隨著各式各樣負面話語的負面能量。也因此，天吾與父親之間的關係始終相當冷漠。晚年中風後，父親被天吾送進了一座鄰海的療養院，時日既久，終至衰弱而死。而在整理父親僅有的少許遺物時，天吾發現了一個信封；其中裝有天吾童年時期的全家福照片——這相當奇怪，因為父親生前對母親的相關話題（天吾究竟是如何成為一個單親兒童的？）十分忌諱，總以「母親早已病死」一語帶過，甚至未曾出示任何與母親相關的私人物品。這張意料之外的全家福照片使得天吾第一次知曉了母親的長相。他想起之前來探視精神狀態不佳的父親時兩人間的對話：

天吾先把照片放回信封，尋思著那意義。父親把這一張照片珍惜地保存到臨死之前。那麼表示他很珍惜母親吧。在天吾懂事之前母親就病死了。根據律師的調查，天吾是那位死去的母親，和NHK收費員父親之間所生的唯一孩子。這是戶籍上所留下的事實。不過政府機構的文件並不保證那個男人就是天吾生物學上的父親。

「我沒有兒子。」父親在陷入深沉昏睡之前這樣告訴天吾。

「那麼，我到底是什麼？」天吾問。

「你什麼都不是。」那是父親簡潔而不容分說的回答。

天吾聽了之後，從那聲音的響法，確信自己和這個男人之間沒有血緣關係。而且覺得終於從那沉重的枷鎖解脫了。但隨著時間的過去，現在又無法確定，父親口中的話是不是真的了。

我什麼都不是。天吾試著重新說出口。

「我什麼都不是」。類似主題其實曾深沉地出現在村上春樹的其他作品中，而不同的小說則以彼此相異的語言重述了此一命題——在《國境之南，太陽之西》中，是「真正存活的只有沙漠本身」；在《挪威的森林》中，是直子那憂傷的請求：「請你永遠不要忘記我，記得我曾經存在過」。何以需要「永遠記住我」？因為「雨下了花就開，雨不下花就枯萎。蟲被蜥蜴吃，蜥蜴被鳥吃。不過不管怎麼樣，大家總有一天都要死。死了就變屍體。一個世代死掉之後，下一個世代就取而代之。這是一定的道理。大家以各種不同的方式活，以各種不同的方式死。不過那都不重要。最後只有沙漠留下來。真正活著的只有沙漠而已」——真正存活的，僅有沙漠本身。那是乾燥的虛無，人世間無可迴避的自然律，生命本然的廢墟與空洞，村上春樹一以貫之的本體論——「死不是以生的對極形式，而是以生的一部份存在著」（《挪威的森林》）。直子與Kizuki都掉進了這樣的空洞裡（《挪》書中「井」的意象），而在《1Q84》中，同樣主題的變奏形式則是父親彌留時刻對天吾的斷言：「你什麼也不是」。

此一斷言對天吾而言特別沉重——因為與小說中其餘人物相較，天吾（最初）顯然是一個極端缺乏內在動力的角色。小時曾是數學天才的他長大後自學術場域出走，選擇擔任補習班數學教師，閒暇時寫小說。「寫小說」或許是胸無大志的天吾唯一的興趣，但即便如此，出版社編輯小松也曾明白指出天吾缺乏積極經營作品的野心與慾望。天吾亦未曾積極尋找孩童時期曾短暫交會且彼此留下美好印象的青豆；只是恆常困鎖於極幼小時母親與其他男人性交的神祕心象中。就此事看來，相較於父親NHK收費員的人生（雖則無謂且無趣，但至少展現了生命某種形式的執拗：目標明確，無可妥協，貫徹到底，亦因之而充滿各種侷限與粗暴，俯拾即是），天吾確實「什麼也不是」。那是父親對天吾一次嚴厲的**本體論判決**——對長期缺乏重大內在動力的天吾而言，說是與生俱來的詛咒亦不為過。

判決：「你什麼也不是」。「我什麼也不是」。人什麼都不是。那正是貓之村中浪遊青年的最終體悟。那麼，有什麼機會能讓人「是」些什麼呢？或者，人有沒有機會真正地「是」些什麼呢？作者村上藉由小說中的另一關鍵虛構性文本給出了答案——美少女作家深繪理的暢銷小說《空氣蛹》。《空氣蛹》情節約略如下：在集體農場（疑影射宗教團體「先驅」）中長大的少女（疑為深繪理本人）由於犯了錯，在禁閉期中被懲罰與死山羊共處。夜裡，經由死山羊張開的喉嚨，神祕的「Little People」現身了。這些Little People的數量並不固定（首次出現時是六位，而在自行強調「如果你覺得七個人好的話，我們也可以是七個人」之後，就又變成了七位），面目模糊（「他們穿著同樣的衣服，臉長得一樣，只有聲音卻個個清楚地不同」，「眼睛一旦轉開，已經完全想不起他們穿的是什麼樣的衣服了」，「那相貌沒有好壞。就是普普通通到處可見的長相」），身份不明，甚至身形大小也並不穩定（在由死山羊口中初初現身時，身長僅十餘公分；而後如雨後蘑菇般逐漸長高為六十公分左右），而他們唯一的工作，便是製作「空氣蛹」。

「空氣蛹」此一意象當然是《1Q84》書中的主導性意象之一。根據書中描述，那其實更像是個「空氣繭」，是將周遭空氣憑空搓取成絲，揉織而就。而在「先驅」公社所織就的「空氣繭」中，藏著少女深繪理的「女兒」（Daughter）——一位外貌與她一模一樣的少女人形。這所謂「Daughter」，根據Little People的說法，是「母親（Mother）心靈的影子」，是作為「知覺者Perceiver」，能將感知到的種種事物傳達給「接受者Receiver」。而在此一案例中，配合「先驅」領袖深田保（亦即深繪理的親生父親）的說詞，接受者正是深田保本人。藉此，Little People實質上掌控了宗教團體「先驅」，與逃離「先驅」的少女深繪理對峙。而Mother少女深繪理之所以必須如此，是為了保持「世界的平衡」。

這當然是個極具魅力與神祕感的寓言；於此試論如下：人生於世，原本便「什麼也不是」——那是心靈的貓之村，出之以沙特語：存在即「被拋擲」，原本毫無道理，毫無意義。而即便暫且棄去所有哲學思索，回歸至幼童之心理發展歷程，我們亦可以另一方式重述此事：嬰孩原本懵懂無知，唯於其成長過程中，長期與親職者、陌生人、周遭既有環境等互動，方能逐漸發展出一套世界觀，用以理解世界、安身立命（此一世界觀，理論詞彙稱之為「象徵秩序」（Symbolic Order）；此處姑以「世界觀」暫代之）。此世界觀來源必然駁雜而殊異：習俗、歷史積澱、親職教育、人類本能之認知能力、集體潛意識……林林總總，虛無縹緲，其過程神祕難解，一如Little People所造之空氣蛹，乃人由虛空之中抽取編織成形。「空氣蛹」正是人之世界觀的隱喻。也因此，空氣蛹中的「Daughter」指的正是這樣的世界觀認知框架（所謂「Mother心靈的影子」）——唯有藉由這樣的世界觀框架（知覺者Perceiver），人才能真正「感知」這個世界，從而理解各項事物之意義。

人各有其世界觀。人各有其Daughter，其空氣蛹，其「心靈的影子」；於其中孕育事物種種，孕育繽紛世界之萬花筒樣貌——這是《1Q84》的認識論。換言之，如若某特定個人之世界觀乃趨向於一片模糊漫漶（例如未有屬於自己的理解方法、未有明確價值取向等等），那麼此人便可說是「什麼也不是」——貨真價實，如假包換。於《1Q84》中，是原本的、貓之村中的天吾——如若沒有青豆，沒有愛，沒有熱誠，沒有對創造的激情，沒有獨屬於自身之「Perceiver」，則即便曾是個天才少年，天吾依舊「什麼也不是」。

而正是藉由《空氣蛹》（認識論）與〈貓之村〉（本體論）這兩則關鍵性虛構文本，村上將小說動力載入了《1Q84》的世界。如前所述，各人不同的「空氣蛹」代表了各人彼此殊異的世界觀。這眾多世界觀或硬或軟，可能兼具不同程度之包容性與排他性；但要之，人原本便無法在廣漠的虛空中理解世界，唯有藉由類似空氣蛹這樣的理解框架（Perceiver），方能安身立命。自古而然。這也是深田保之所以向青豆描述「Little People 非善非惡，自遠古時便與人類同在」的原因。何以非善非惡？因為既屬生存之必要，在引入其他價值判斷（道德律、倫理學）之前，種種彼此殊異之世界觀原本便難以以善惡界定之。

原本確實非關善惡。然而問題在於，如若某些世界觀過於堅硬、具高度排他性（如村上春樹在《約束的場所》中所描述的奧姆真理教，青豆所屬的證人會家庭，「先驅」，以及天吾那偏執的、身為NHK收費員的父親），則必然為他人帶來傷害。事實上，人之存在幾乎難免於傷害他人——人之存在，因為無可迴避的嚴峻生存競爭，幾乎確定無法免於剝削他人——而某些過度堅硬的，不可妥協的世界觀危害尤烈。正是於此處，《1Q84》對影射奧姆真理教的「先驅」教團作了個翻案（或說，並非翻案，而是某種**更為細緻的批判**）：一般看法，「先驅」領袖深田保的作為是不可饒恕的重罪；然而在村上的描述中，深田保非但具有神通（由Little People所賦予），甚至為此承受了常人所不能忍的精神與肉體痛苦。反觀，基於良心、基於義憤、基於護衛弱勢女性而謀劃殺害深田保的「柳宅」緒方老太太（嚴格來說，是緒方老太太、保鑣Tamaru與青豆三人），即使成功終結了深田保的性命，其意識型態卻顯然具有過度排他性之嫌疑。

這具體體現在牛河此一角色身上。因為極不討喜的外型、氣質與職業(作為「先驅」教團外圍的聘僱者,女主角青豆之人身安全的最大威脅),毫無疑問,牛河一開始幾乎是個令人厭惡的角色;但在漫長的小說篇幅中,在作者逐步揭露牛河的個人歷史之後,此一角色也令讀者同情了起來。而正當讀者們開始心軟之時,為了自我保護,緒方老太太與Tamaru卻毫不遲疑地「處決」了牛河。平心而論,其殘忍冷酷,比起「先驅」不遑多讓;而其傷害較之青豆父母的「證人會偏執」或天吾父親的「NHK收費員偏執」亦是半斤八兩。作為一個人,我們甚至看見緒方老太太(有義憤,有明確價值選擇,但同時亦懷抱著一顆血肉之心,足以對惡者賦予細微同情)的自我反省:在深田保死去之後,「我心中的激烈憤怒,不知怎麼,似乎在那震天巨響的雷聲中消失了」。

回到天吾身上。原先「什麼都不是」的天吾,要如何重新尋回自己的生命呢?那正如安達久美護士所說的:「人無法為自己再生。要為了別人才行」——毋庸置疑,對天吾而言,就是青豆。這也正是在父親陷入彌留狀態時,天吾在父親床上見到空氣蛹所包覆著的,十歲的青豆的原因。

在安養院中的父親被送去進行例行性檢查時（象徵：父親暫時缺席，父親所賦予的本體論——「你什麼也不是」——亦暫時缺席）時，空氣蛹出現在父親床上；天吾直覺以為那必然是他自己的空氣蛹，但出現在空氣蛹中的，卻是十歲的少女青豆。然而那是天吾自己的空氣蛹沒錯——那是天吾重生（重新定義自己，定義自己的Perceiver，定義自己的世界觀；讓自己有機會「變成另一個人」）的契機。是的，《1Q84》當然是一本不折不扣的純愛小說（愛是唯一的價值，愛是自我重生唯一的機會，為了青豆）——至於這樣的想法是否有過於單純之嫌（因而於小說之藝術性有損），或Book3是否寫得太囉嗦（笑），篇幅所限，或可另闢專文討論。

村上春樹

MURAKAMI HARUKI（1949—）

於《《1Q84》之後——特集：村上春樹Long Interview長訪談》中，村上大叔罕見地發表了一段關於小說史的看法，於此整理複述如下：十九世紀寫實主義小說的關鍵是鮮活地呈現「我們」——在彼一時代快速成熟的中產階級大眾，小說的閱聽人；而二十世紀小說的關鍵變化則在於「自我從自己之中脫離出來浮上表面」（雖則有些拗口，但我想對卡夫卡、喬伊斯、吳爾芙等現代主義作者有一定程度熟悉的讀者們或許都看得懂這句話——二十世紀上半葉，現代主義的年代，小說之筆尖正試圖深入「我」之內心捕捉一切可能的意識瞬間，「自我浮上了表面」）。而此刻，當時序進入二十一世紀，村上高度懷疑「時代又變了」：「像《1Q84》這種小說會在短短的時間內賣出上百萬冊，是難以相信的事情喔」、「這跟《挪威的森林》的暢銷是不同的兩回事」。

何以如此？村上大叔給出的意見是，「有過現代，有過後現代，那後現代的軌道繞了一圈之後，是不是一個局面已經又宣告結束了？」、「我有這種明顯的感覺。我個人正在籠統地思考，類似『神話再造』的事，或許會成為關鍵語」——不僅僅關乎小說史，村上在此展現了他的理論素養（笑）。有趣的是，這似乎與米蘭．昆德拉（藉由對《百年孤寂》的討論）所標舉的小說史斷代若合符節（詳見本書第三十一頁）。未來將會是個什麼樣的時代呢？未來的小說（以「神話再造」為關鍵詞？這話聽來野心勃勃）其樣貌為何？一九四九年出生於日本兵庫縣，寫出《發條鳥年代記》、《世界末日與冷酷異境》、《挪威的森林》、《海邊的卡夫卡》等暢銷長篇，喜愛跑步，偶爾開車到郊區電影院買一千日圓敬老票進場看電影的村上大叔，似乎也對這件事非常有興趣——個人以為，觀諸村上本人的小說創作，此亦顯為一理解村上之關鍵。

我叫伊格言，這不是我的本名

——保羅·奧斯特《紐約三部曲》

《紐約三部曲》由〈玻璃城市〉、〈鬼靈〉與〈禁鎖的房間〉三部中篇所構成，〈禁鎖的房間〉是為其中壓卷之作。故事環繞著「我」與失蹤的童年摯友范修所展開。（值得注意的是，奧斯特顯然刻意隱去了敘事者「我」的姓名，自始至終迴避了此一標誌，正如他在〈玻璃城市〉中的陳述：「聽我說。我的名字是保羅・奧斯特，那不是我的本名。」）范修留下了兩大箱作品手稿，拋下了美麗動人且即將臨盆的妻子蘇菲，消失於茫茫人海之中。這幾乎確定是個預謀，因為范修與童年摯友「我」其實早已失聯許久。「我」是個小有名氣的作家，所謂「評論界的明日之星」；但事實是，「剛開始，我也期待自己成為偉大的小說家，期盼能寫出撼動人心甚至對人們產生影響的作品。隨著時間的流逝，我漸漸明白，這個可能性越來越小。我並沒有與生俱來的天賦，可堪寫作出一部曠世巨著，有時候我甚至會告訴自己，放棄這個春秋大夢吧！就這樣繼續寫些文章，容易多了。賣力一點，一篇接著一篇寫，好歹可以餬口飯吃，至少可以經常看見自己的名字出現在媒體上。我明白，有些事情是很可怕的。我還不到三十歲，卻已經小有名氣，也開始寫作詩與小說的評論。現在我什麼都能寫，而且成績還算出色。電影、舞台劇、藝術展、音樂會、書，甚至是球賽，都有人來找我寫評論，我也來者不拒。世人給我的評價是前途光明的新秀，評論界的明日之星，但在我的內心，我覺得自己心態老邁，而且江郎才盡。我所做的，不過是一些無用之物的片段。好像一盤散沙，風一吹，就會灰飛煙滅。」

此一關於主角背景之細節設定堪稱意味深長——高不成低不就。如同那被作者奧斯特所特意隱去的姓名，「我」的個體殊性在類似的身份設定中被徹底壓縮，成為幾何上無體積無重量的一個點。何以如此？因為我們其實並不特別。這世上絕大多數的人極可能一點也不特別。我們或許也都聽過，理論上，如果紐約有八百萬人，每個人都有一種死法，那麼整個紐約就有八百萬種死法——錯了，這並非事實；殘酷的是，絕大多數的人無比平庸，絕大多數的生命也難免平庸，只有極少數人能夠如「我」這般匿逃於那食之無味棄之可惜的平庸命運之外——諷刺的是，靠的當然不是自己，而是范修。天才范修。也只有如此平庸的「我」才能容許他人直接侵入我的生活。如同奥斯特在小說中此一準確細節之預謀，有太多顯而易見的證據顯示范修的「犯案」同樣出自預謀：在消失前，他曾數次有意無意地向蘇菲提起，如若他遭逢不測，則可將那些尚未出版的手稿全數交給失聯已久的童年好友「我」處理，由身為評論家的「我」決定是否具有出版價值。

於是蘇菲找上了「我」。故事於焉開始。「我」戀上了美麗的蘇菲，二人結為連理（平凡的「我」替代了天才范修的位置）；而范修的作品也順利出版，席捲書市，大獲好評；版稅使得「我」與蘇菲生活無虞。蘇菲與范修的童話故事一度突遭中止，而今得以以另一種方式接續（逝去的天才留下了大師之作，而童年摯友則拯救了他的遺孀），皆大歡喜。然而某日，「我」突然在信箱中發現一封奇怪的信件——那是范修的來信，重點有二：第一，范修感謝「我」所做的一切，故事的結局出乎意料地完美，蘇菲和小孩都有人照顧了；第二，范修警告「我」，切勿試圖尋找他，因為「我應該有權力以我認為合宜的方式度過我的下半生」——「雖然我不喜歡威脅別人，但是我還是要警告你，如果你試圖找出我的下落，我會殺了你」，「我很高興，人們對我的作品如此感興趣。我根本沒有任何預期，事情會這樣發展。但是這一切似乎距離我十分遙遠。寫作對我而言，已經是另外一種截然不同的生活方式了，現在我也已經對此沒有感覺。我不會要回任何金錢，我也很樂意將所有財產留給你跟蘇菲。寫作曾經是我的宿疾，現在我終於得以痊癒。」

范修的「宿疾」痊癒了，但「我」的惡夢才正要開始。現在壓力落回到「我」身上了。如果此封信確實來自范修，「我」該向蘇菲坦承一切嗎？蘇菲的反應將是如何？這其中隱藏了極大風險。十分合理地，「我」選擇隱瞞此事，和蘇菲繼續快樂的婚姻生活。反正范修也不想被人找到不是嗎？又有什麼理由要去找他呢？然而，話說回來，若是范修真的希望就此人間蒸發（「我應該有權力以我認為合宜的方式度過我的下半生」——這話聽來真誠，不像刻意作態），那麼何必又多此一舉，寫封信來，將眾多未知的可能性加諸於「我」？（同時亦加諸於他自己？）

何必？

這是〈禁鎖的房間〉的曖昧之處——那是范修內心深處禁鎖的房間，同時亦是「我」內心的禁鎖之地。一個祕密，無人知曉，無從解答，如同一墜入深淵的石塊般無聲無息；因為無論對於范修或「我」而言，理解他人和理解自己幾乎一樣困難。與此同時，文壇開始盛傳范修並無其人，是「我」假冒范修之名出版了那些膾炙人口的經典作品。故事急轉直下，出版商希望由「我」執筆范修的傳記，平息此一爭議（當然，或可再賺一筆）。

而「我」接下了此一任務。

何必如此？平心而論，這自找麻煩的程度和范修畫蛇添足的來信幾乎不相上下。或許「我」意圖藉由此一儀式「確認」范修的死亡？〈禁鎖的房間〉筆鋒幾經轉折，最終幾乎將這樣的舉止歸因於「恨」。恨意何來？那是一個「被取消的人」對一個取代自己之幽靈的恨。那是「不存在」之恨——表面上，這是個「我」取代了范修的故事；然而事實卻是顛倒過來的；是范修掏空了「我」的靈魂，將自己（過往）的意識碎片裝入了「我」之軀殼。自范修失蹤以來，「我」娶了范修的遺孀，撫養范修的小孩，「我」自己的寫作事業近乎停擺（因為范修的身影過於巨大，而「我」原先並非天縱英才之人——如前所述，那是一個沒有名字，被作者滅去了個人殊性的角色）。「我」原本的存在幾乎被一個不在場的幽魂所徹底塗銷。（設想一場景：終有一日，那眾多讀者，懷抱著對范修之身份的質疑，親眼看著「我」承認自己就是范修——有何不可？又有什麼會比這樣的場景還更恐怖？「我叫范修，這不是我的本名」？）真相一種：「我」之所以接下撰寫范修傳記的任務，無非是為了藉機找到范修，同時——如果可能——終結他的存在。殺了他。

於是，以蒐集資料為藉口，「我」開始尋訪范修的生活軌跡，一一尋找訪談那些過去與范修相識的人。其中與范修關係最為緊密也最為奇特的正是他的母親。乍看之下，「范媽媽」的「供詞」異常微妙；在近乎情緒失控的狀態下，她向「我」傾訴了范修異於常人之處：

「我知道你有多愛他，多崇拜他。但是聽我說，我的孩子，他還不及你的一半好呢！他的內心十分冷淡，簡直如同槁木死灰，我認為他根本沒有愛過任何人，一個都沒有，他的這一生都沒有心愛的人。有時候我會看著你和你的母親走過庭院，你會跑向她，雙手環抱著她的頸，讓她親吻你。就在那邊，就在我的面前親得吱吱作響。這是我和自己兒子所沒有的熱烈情感。你知道嗎，他甚至不讓我碰他。四、五歲以後，每當我靠近他，他就會退縮。你知道兒子看不起自己，對一個女人的傷害有多大？那時候我還很年輕呢！我生他的時候還不到二十歲！想想看，被排斥的感覺，令我情何以堪？

「我並不是說他很壞。他是個獨立的個體，彷若一個沒有父母的小孩。我說的話完全對他起不了作用。他父親也是一樣。他根本拒絕從我們這裡學到什麼。羅勃一試再試，還是無法影響那孩子。但是你又不能因為他沒有感情來處罰他，不是嗎？你不能強迫一個小孩來愛你，只因為他是你的孩子！

所以，范修真如母親所說，是個內心冷淡，缺乏情感的人嗎？母親的控訴是真實的嗎？截至目前為止，那與「我」所認識的范修何其不同！然而這並不奇怪，因為，在往後漫長的追索中，在許許多多其他人的呈堂證供裡，范修的面貌非但並不清晰，反而愈加撲朔迷離——「在某種程度上來講，我已經了解了有關范修的所有事情。不過我所知道的事情，並沒有給我任何幫助，但也跟我原本知道的沒有牴觸。或者換個角度：也許我所認識的范修，並不是我所要找的范修。也許這中間失落了某個環節，而我所訪問的人並不能加以解釋。最後，他們的話只是確定一件事，發生的事也可能不會發生。范修是和善的，范修也可能是兇殘的，這是一個老故事，而我早就了然於心了。我所要尋索的，正是我無法想像的：一種毫無理性的行為，一件毫不可能發生的事情。從范修消失的那一刻起，所有的事情都是矛盾的。」

就邏輯而言，這段話頗有費解之處。「發生的事也可能不會發生」，「范修是和善的，范修也可能是兇殘的」——乍看之下，敘述彼此悖反，然而卻又理所當然，因為人（尤其是類似范修這樣的人）原本就是費解的，而機運原本從屬於生命的祕密。那等同於一本天書，命運的巴別塔，存在的「梵」。如果說一種天書般謎樣的存在能夠僭奪一平庸之人（「我」）的存在，那也絲毫不令人意外不是嗎？而同樣地，如果這樣黑暗的存在會因其奪取「我」之存在而引發恨意，令人意圖將之終結（殺掉范修），又有何怪？此處，奧斯特的筆鋒探向了存在的深淵，在某些時刻，人的欲力可能趨向死亡，人的欲力亦可能趨向於確認自己的殊性。人對個體殊性的渴求自何而來？這不僅是個體的神祕，可能更是文明的神祕——或者換一種說法：人對個體殊性的渴求是否正是文明之源始，藝術創造之濫觴？

對於小說而言，這問題或許過度困難。而或許唯有這樣精巧的情節套盒方能迂迴潛入人類文明的潛意識，探詢「人」此一物種之存在，以及眾多「存在的可能性」。這是小說的鸚鵡螺迷宮——〈禁鎖的房間〉在此繞回了《紐約三部曲》之初卷，那質地透明卻又無從看透的〈玻璃城市〉（以一冒名為「保羅．奧斯特」的推理小說作家昆恩為主角，探詢語言的源頭，追索文明之所從來）。小說最後，「我」再度收到范修來信，前往赴約；雨日陰霾，他進入一棟老舊的公寓——不，「我」並未當面見到范修，反而只能隔著一道上鎖的門（范修最後的「禁鎖的房間」）與他交談。「我」一度想強行闖入，但范修聲稱他早已服毒，且持有槍枝，以此成功嚇阻了「我」的行為。最後「我」只能乖乖遵照范修的指示，將范修藏在門邊的最後手稿帶走。「我」如此形容該手稿之內容：

所有的字眼我全都熟悉，但是它們似乎被奇怪地排列著，彷彿它們的作用便是攪亂彼此的意義。我實在想不出表達的方法。每一個句子把前一個句子蓋掉，每一個段落又讓下一個段落不合邏輯。奇怪的是，貫串整本筆記本的卻是一種無比的清醒意識。范修似乎明白，自己的最後一部作品必須顛覆我所有的期待。這並不是一個後悔的人所寫下的東西。他藉著問問題，來解答所有的問題，但是所有的事情都沒有結局，必須重頭開始。在我讀了第一個字之後，我就迷失了，我只能在黑暗中摸索前進，被這本專為我寫的書所蒙蔽。但在這樣的迷惘之下，似乎又有無比清晰的意志，彷彿他所要的只是失敗，只是挫敗自己。

「我」決定毀棄此一手稿，將之隨手棄置於車站的垃圾筒中。這令人意外嗎？一點也不，這幾乎便是一個無存在感之人（平庸的「我」在社會脈絡中僭越了天才范修的位置，卻也因此而使自己的內在被范修巨大的存在全然吸噬掏空，成為〈鬼靈〉）面對巨大生命謎題的唯一解。唯一解，即是無解。「我」無能理解生命最終的謎題（正如同「我」對於自己的個體殊性之匱缺近乎全然無能為力）；即便是范修，那位徹底侵奪了「我」之存在的殘酷掠食者（是的，容我開個玩笑，他也是個「噬夢人」），也不見得知道自己在寫什麼——儘管他的意識清明無比。或許在那樣清明無比的意識之下，他所能做的也僅止於此：呈現。複述。呈現或複述一種生命本身的困頓、混亂、虛無與自我解消。生命的每一個片段都讓另一些片段不合邏輯。於此，奧斯特終究讓「我」墜入了萬丈深淵——他之所以不讓「我」擁有任何姓名，其用意即在於此。

所以姑且讓我們試著確認一下自己的個體殊性吧（何其悲哀，但總比一個被強迫吸乾的空皮囊人生來得稍微好些？）——我想說，我叫伊格言。但這不是我的本名。

保羅・奧斯特

PAUL AUSTER（1947—）

電影《原罪犯》（Old Boy）中有一令人印象深刻之場景——被綁架囚禁整整十五年後釋放的男主角吳大秀在仇家的設計下翻閱了自己的家庭相簿：家中成員三人，除吳大秀之外尚有其妻其女。其妻已遭人殺害（嫁禍給吳大秀），而其女已被送往國外收養。家庭相簿一頁頁往後翻開，女兒也從小女孩逐漸長成一亭亭玉立之少女；吳大秀亦隨之發現了令人戰慄的真相（此處暫不爆雷）。第一次看《原罪犯》時，在螢幕前，我看到家庭相簿的第一頁就猜到後面是什麼了——原因無他，這是時光的祕密，一頁頁後翻的相簿就是時間本身的隱喻，它所訴說的必定相關於此——恐怖，冷酷，殘暴且無可逆轉。

相簿的故事。有另一本恐怖相簿不遑多讓——保羅・奧斯特的。於其自傳性作品《孤獨及其所創造的》中，一九四七年出生於紐約布魯克林的奧斯特回憶其個人經歷：父親死訊傳來，他必須回鄉處理房產，從而在老房中發現家族相簿一本：「其中一本大相簿以昂貴的皮革裝訂，封面有金色戳印的標題——『這是我們的生活：奧斯特家』。但是相簿裡完全是空白的。」——同樣鬼片風格的意象。老房是奧斯特童年的居所；長大後，雙親婚姻失敗，家庭從此四分五裂，而老房則由奧斯特的父親獨居。奧斯特亦如此思索因整理父親遺物而觸發的個人感受：「事物本身沒有任何意義，就像某個消失的文明留下的烹飪用具。然而，這些東西對我們說話，立在那兒，不像物品，倒像思緒和意識的殘留」——此段敘述同樣鬼影幢幢（「思緒和意識的殘留」——如果這不叫鬼魂，那什麼才是鬼魂），以個體之死亡為媒介，類同於《紐約三部曲》，「自我」存在與否（或說「個體殊性」存在與否）的主題亦再次現身。類似主題的縈繞不去顯然導因於寫作者的個人癖性，此亦與《失意錄》中述及年輕時代漫無目的的自我追尋遙相呼應，必然也是《紐約三部曲》和《幻影書》之所以如此陰森的主因。

偶然的窗口

——最強老太太艾莉絲·孟若

英國研究（？）顯示，愛情故事的結局共有四種：結婚、分手、失蹤、死亡。毫無疑問，現實人生中以前二者（結婚或分手）最為常見；而小說中，則以後二者（失蹤或死亡）機率較高。（或後三者吧？）何以如此？哎，小說嘛（菸）。但且慢。此事當真如此理所當然？憑什麼作家總是偏好些「冷門現實」？如果我堅持不接受呢？如果我就是想多看些親切的，終將實際出現於周遭生活中的人事，不行嗎？

讓我們換一種方式來重新理解此一問題——英國研究指出，愛情故事的結局共有四種，而愛情故事的過程則共計二種；且極可能僅有二種：沒人介入、有人介入。換言之，有小三，沒小三（至於其他小四小五小六者，暫且亦將之歸入小三範疇）。過程兩種，結局四種，換言之，我們可歸納出二乘以四總共八種愛情故事之敘事類型——且慢。真的嗎？真就這麼幾種嗎？生命如此匱乏，生活如此無聊，來點新鮮的不行嗎？

有的。詳情請洽艾莉絲．孟若——但請注意，孟若很難。

「難」是什麼意思？何謂「很難」？我們又要開始對「難」這件事作分

類了嗎？沒錯，細解如下：孟若文字細膩樸實，運鏡疏密有序，節奏穩妥（中板或慢板），文字技術本身或許與「閱讀障礙」一事全然無關——是以文字因素暫可排除。但孟若依舊偏難——至少我個人認為如此。難在哪裡？或許在於其小說情節頗有**曖昧**之處？（此所謂「曖昧」亦須解釋——並非情節指向之「隱喻」有所曖昧，而是情節本身即成為某種**曖昧的組構材料**——白話翻譯：小說中發生了什麼不見得完全清楚明白；許多時候，讀者們或有「他們究竟在幹嘛」、「他們究竟做了什麼」如墜五里霧中之嘆。）此因素或有一定影響，但真正難處可能在於，其作品主題往往過度細緻幽微（如張愛玲所言「鄭重而輕微的騷動，認真而未有名目的鬥爭」或可名之——關鍵詞：「輕微」、「未有名目」）；而如此幽微縝密之情感轉折被包覆於極冷、極素樸的文字筆法之下；又兼之其心理描寫可謂曲折幽深，鉅細靡遺；種種因素，導致小說之主題如菌絲隱蔽於土壤之下，又如冰塊中凝結的氣泡或針狀結晶，不易為人觸知。

此之謂「難」。也因此，能否讀**懂**孟若（當然，何謂「懂」這又是另一大題，此處且按下不表），關鍵即在於能否對小說中的幽微主題有所感應。但因其如針尖般幽微細小，也往往顯得神祕而不可捉摸。

儘管如此，並非全不可解。以短篇〈浮橋〉為例（收錄於短篇小說集《感情遊戲》，二〇〇三年時報舊版；新版更名《相愛或是相守》，二〇一四年木馬文化出版），故事約略如下：尼爾（男）與金妮（女）是一對有點尋常又不太尋常的夫妻；不尋常之處在於：第一，尼爾比金妮大十六歲；第二，金妮得了癌症，已進入治療期程（上述兩點提供了小說中金妮的心理背景——多年來，由於自己比丈夫年輕許多，她從沒想過自己可能先丈夫而去；而今她卻必須面對事態如此的高度可能性）；第三，尼爾是個社會運動者——以一般常人眼光看來，他是個「痟痟」的社會運動者，其形象介於李敖與柯賜海之間，但稱不上名人就是了。是以長期以來，由於全心投入社運事業，作為一個丈夫，尼爾始終處於死當邊緣。他似乎不怎麼體貼。這點在小說中可謂機鋒處處——舉例：為了處理雜務，尼爾與金妮相偕拜訪麥特與珠恩夫婦位於玉米田中的家。那是個樸實友善的農家，女主人珠恩盛情力邀尼爾與金妮兩人入內作客。然而罹癌的病人金妮方才結束一段化療，身體孱弱，只想趕快回家，萬般不願進屋作客。這不難理解，因為一旦進屋，隨之而來的便是一連串寒暄問候揖讓勸食等應酬舉措，難以迴避。對病人而言，那必然導致精神與身體的無謂耗損。於此尼爾與金妮遂生勃谿。他們將尼爾的廂型車停在屋外空地上進行他們的爭執：

「可是剩了好多豆子濃湯。」珠恩說：「你們一定得進來幫忙清掉那豆子濃湯。」

金妮說：「哎，謝謝。可是我什麼都不想吃。這樣熱時我什麼都不想吃。」

「那就改喝點東西。」珠恩說：「我們有薑汁汽水、可樂。我們有桃子酒。」

「啤酒。」麥特對尼爾說：「要不要來罐藍牌？」

金妮向尼爾招手要他過她車窗來。

「我沒辦法。」她說：「就跟他們講說我沒辦法。」

「你知道你會傷到他們的面子。」他低聲說：「他們是好意。」

「可是我沒辦法。不然你去好了。」

他彎身更近：「你知道若你不去會怎樣。看來會好像說你比他們尊貴許多。」

「你去。」

「你一到裡面就好了。冷氣真的會讓你舒服些。」

金妮搖頭。

此處回扣尼爾之特殊身分（社運領袖；但未至明星等級，且外型並不體面）以及此一特殊志業（不是特殊行業）加諸金妮的心理壓力——想當初，老娘我可是不顧眾人反對嫁給你這沒行情的痟郎；誰想到你滿腦子只有社運，誰想到你對我並不體貼。事實上，作為一個運動組織者，尼爾必然有其世故之一面，對於人際間細微的階級差異（以及因此差異而生的權力結構藍圖）必然有其適切且準確的應對之道。面對所有可能的衝突、算計、妥協、交際場域及其中權力分配並處理之——這正是社運者應有的必備技能。然而此刻，這樣的「世故」帶給金妮的卻只有麻煩、只是困擾。什麼時候你才願意為了我而不再遷就別人呢？老娘我才剛做完化療，你就不能遷就我嗎？

老娘金妮終究獨自留在了戶外，沒有進屋裡去。夕陽西下，彩霞滿天，她偷偷躲進玉米田去小解（更大的「解放」臨至之前，一則小規模的預演，解放的迷你版本——這是作者的結構功力；先遞出「試用包」，再奉上「一整瓶」），回來時便遇上了男主角瑞克。少年郎瑞克是個餐館服務生，麥特與珠恩的兒子——對，〈浮橋〉的主題正是金妮與瑞克的姊弟戀——或者，那其實與「戀」相距甚遠；因為〈浮橋〉所開啟的，不見得是愛情，不僅僅是愛情，而是籠罩於一切之上的另一種渾沌龐巨之物，一種可能性，一對翅翼，一種陰影或光亮，生命中一扇**稍縱即逝的窗口**。窗口何在？最強老太太艾莉絲．孟若先是讓這對初次邂逅的男女主角討論了一件奇怪的事：

「是嗎？」他說：「我也不戴錶。我從沒見過也不戴錶的人。」

她說：「對，從來不戴。」

「我也是。從來就不戴。我不知道為什麼。從來不想戴。就像，我好像本來就知道時間。差個一兩分鐘上下。頂多五分鐘。而且我還知道每個有鐘的地方。我騎車去上班，想說路上看看時間，你知道，只是確定一下真正時間。我知道第一個能從建築間看見法院的鐘的地方。總是不差三、四分鐘。有時餐館顧客問我，你知道幾點嗎，我就告訴他們。他們根本沒注意到我沒戴錶。廚房有鐘，我一有空就去查看。從沒一次我得進去跟他們更正的。」

「我也曾經能那樣，偶爾。」金妮說：「我猜若從不戴錶，你會發展出一種感覺來。」

「是啊，真的會。」

「那你說現在幾點了？」

他們在討論手錶？當然不是。他們在討論時間？也不是，絕非時間本身，而是一種「特異功能」：對**自然韻律**的感知力。他們「心跳同於自然」。這該隸屬於Professor X的研究範圍——他們自有其體內時計，而此一器械並不用以對應現實生活所規範之日常作息（正常鐘錶），而是向自然敞開、向人之本性敞開、向「人」本身敞開。作者孟若大膽將此類對話直接植入於男女主角之初見——這或許怪異無比，卻也十足合理：那原本便是一對陌生男女間的調情，閒聊兼且試探——儘管難免彆扭。在體貼地詢問金妮的個人意願之後（「要不要我進去告訴他們你想回家？」「你累了嗎？要不要回家？你要不要我進去跟你先生說你想回家？」「不要。不要那樣。」「好。好。那我就不要。反正珠恩大概在裡面給他們算命。**她會看手相**。」），瑞克帶著金妮踏上了浮橋，那段命定的，未曾預期的旅途；而後終究遇上了那令人印象深刻的「神祕時刻」——當然也是關鍵時刻——夜裡浮橋上，男孩與老婦的深情一吻。

一個吻。偶然的窗口。事實上，不僅僅是孟若，絕大多數的小說佳構必然建築在每一個獨屬於它們自己的神祕時刻之上。主題：小說之底牌。在此容我先行引述另一細節——於走上浮橋之後，在深情一吻之前，一個空鏡，一個靜定的凝視：

橋身輕微移動讓她想像所有這些樹和蘆葦田都都安在淺碟子上的土裡，而路是條漂浮的土絲帶，下面都是水。水彷彿這麼靜止，但又不可能是靜止的，因為如果你拿眼盯住一顆星的水影，就看得出那星是怎麼眨動變形又溜出視線。然後又回來了——但可能不是同一顆。

直到這時她才發現沒有了帽子。她下車小便時沒戴，還有她和瑞克講話時也沒戴。麥特講笑話時，她坐在車裡頭靠椅背眼睛閉上也沒戴。她一定把帽子掉在玉米田裡，而慌張中就把它留在那裡了。

被丟失的帽子自有其隱喻——金妮過去那循規蹈矩的人生，文明生活——但這絕非重點；此一隱喻過於平凡，其威力遠不如在它之前的那關乎水流與星群的描述。暗夜中，黑暗正被更巨大的黑暗吞噬，而浮橋邊，沼澤恍若凝止，但不盡然——作者丟出了一個曖昧的「證據」：她形容，當你凝視著水面上的星星，那星星可能在難以察覺的極細微波動中移動或隱沒，而後復現——但可能不是同一顆。

奇異的述寫。如同海面上漂流的瓶中信，這鏡頭顯然極其安靜（於小說之氛圍中，在那樣數個空鏡並列的剪接節奏裡，在讀者的腦海中），但其內容物又如此「有戲」，如此喧嘩，充滿張力。那「不知是否是同一顆星星」的想法（小小的哲思，微縮辯證）投射出某種虛幻感，而「水面搖盪中的星群」之實景同樣予人虛幻之感。那不是星星本身，那只是星光稍縱即逝的倒影；那不僅僅是虛幻，那是雙重的虛幻。幻世之中，一切實存之物（眼見之物）皆彷彿蜃影。讀者與小說主角老婦金妮在此結伴步上了浮橋，意外的旅途；而正是這神祕時刻的初現預示了下一個神祕時刻（橋上一吻）的必然。我個人極喜愛此一細節；是這樣的細節使得小說本身凌空騰飛於文字和情節之上——換言之，騰飛於它自身的有形肉身之上。小說家李佳穎曾做過一個極精彩的比喻：

我盯著一個娃娃屋瞧，路過的人以為我探頭探腦為的是那些可以放在手心裡的小椅子，小電扇與小馬桶。我試著告訴他們：不，讓我著迷的是那個椅子與電扇之間形成的走道，洗手台底的凹處，馬桶水箱下方靠牆的空間……但我用手指啊指的，說不出個所以然來。那些地方，那些罅隙，只有在東西擺對位置的時候才會出現；只有在灰姑娘一天的苦難結束，躲進去哭泣的時候，才會發亮；只有在不問灰姑娘家裡怎麼可能出現抽水馬桶時，才會看見。

正確。小說家以其裝置功力（人物、情節、意象、場景等一般小說元素）一一置放於正確位置，為的正是那僅存在於虛幻之中的神祕瞬刻。

而它偏偏就不是文字本身、不是人物本身、不是情節本身、不是意象本身；它是某種走道、凹陷、隱密的空間，它浮飛或匿逃於小說所構築的現實之外——但也正是在小說家將人物、情節、意象、對話等實存之物全都擺對了位置時，方能有效將之由虛空中召喚而出。《感情遊戲》裡，艾莉絲．孟若向我們展示的正是這樣的基礎技術。僅僅只是基礎？是的，但多數時候，基本動作就是一切——安西教練想必也會同意的。

而後故事被導入了結構上的高潮：一番試探之後，這對姊弟戀在浮橋上接吻了。一個晃蕩不安的吻（他們腳下並非堅實之地，而是水面——隱喻：這全是例外，兼且意外，這原本非關其**日常生活**），黑暗之吻（因為太陽已然隱沒，可見、可預測的個人歷史亦隨之消逝，唯有浮動不定的星光存留於水中，存留於空間之中），祕密而懷抱著背德之刺激與快樂的吻（「反正珠恩大概在裡面給他們算命。**她會看手相。**」），生命中一扇偶然敞開的窗口。對反於女主角金妮的處境：她嫁給了比她大上許多歲卻又不甚體貼的社運狂熱份子，他們的婚姻堪稱尚可接受但依舊長滿了許多揮之不去的疙瘩；而她是個重症病人，剛做完化療，病體虛弱——這是一場奇遇，神賜之禮。孟若形容如下：

「真可惜月亮還沒出來。」瑞克說：「月亮出來時這裡真是好。」

「現在也好。」

他手臂溜過來環住他，好似他這樣做一點問題也沒有，並且要多久就多久。他親她的嘴。對她來說，她似乎生平第一次參與一個本身就是件大事的親吻。完整的故事，單單就事件自己。一首溫柔的序曲，足夠的壓力，全新的探求和接受，持留的感謝，和滿足的分開。

「第一次參與一個本身就是件大事的親吻」。確實，此事純屬意外；然而在那一刻，那「本身就是件大事」，或者那大事突然迴轉幻化其身形，變成了「全部的事」——偶然的窗口擴大了，張開了。整個世界被窗口溢出邊界的光所籠罩；世界變成了那個窗口。偶然的事就是全部的事。

Everything。如同一自固有生命中逃逸而歧出的**另一種生命**，僅僅為了此刻而存在；而原本的生命主體（一位社運者的妻子、一場意外疾病的襲擊、一段有點幸福又絕非無懈可擊的婚姻）則逆反成為殘餘，成為贅物，成為幻影。那是人類無可窮盡的深邃與神祕，生命本身如流體般變幻不定的可能性。天啟。這是作者獻給書中人的禮物——或者反過來說：書中角色獻給作者的禮物。我心目中的最強老太太艾莉絲．孟若這樣為〈浮橋〉收尾：

> 回到乾地後，金妮突然想到尼爾。尼爾頭暈眼花又將信將疑，手攤向那頭髮間雜亮絲的女人，攤向那算命師的凝視。在他的未來邊緣搖擺。
>
> 無所謂。
>
> 她感到的是一陣輕快的愛意，幾乎像笑聲。一陣溫柔的喜極之感，凌越了她所有的傷痛和空洞，在這短暫一刻。

小說結束。〈浮橋〉嘎然而止。我想起許多年前我買下這本《感情遊戲》——忘了那是在台北捷運頂溪站或永安市場站對面的金石堂書店(多年後它已不復存,像個虛妄的夢境般消逝在這城市過速發展或衰敗的煙塵之中)——這本書剛剛出版,我在一個毫不起眼的平台上與它初次相見。「加拿大最好的短篇小說」——書封文案是這麼寫的。買下它的時候我當然不會知道我竟也如此遇見了一個吻,一個神祕時刻,一扇偶然開啟的窗口。這怎麼會是加拿大最好的短篇小說呢?怎麼可能?這大概是全世界最好的短篇小說吧。我在自己心中起立鼓掌了一百遍——為了這樣的小說,更為了金妮心中那無人知曉的溫柔微笑;因為在可能的絕境之中,那偶然的窗口名符其實地「置換」了她的生命,或者彷彿,也置換了我的。此刻,如同她的丈夫尼爾,金妮當然也可以毫不在意地將自己的手掌攤開在算命師的面前了:算吧,你就去算吧,你算得再準那也不是我的命了,我現在擁有我對自己的愛,我對生命的愛,既模糊又具體,既卑微又崇高——彷彿我的人生僅為了此刻而存在,從未有過空洞,亦從未有過傷痛。

我不是誰。我是我自己。

我是我自己——英國研究證實，愛情故事的結局共有四種，而愛情故事的過程共計二種，因此得證：愛情故事的敘事類型概分八種。我們很確定〈浮橋〉不屬以上八種，因為它正是為了告訴你愛情不只八種而存在。「我是我自己」——沒錯，這世上沒有比「自己」更麻煩的東西了。孟若太難，其難凌越於愛情之上，幾可與生命或自己等量齊觀。唯有真正明瞭生命之深奧、生命之不可測者才可能擁有真正的精神生活——這是〈浮橋〉，我心目中的最強老太太艾莉絲．孟若。我相信她在創作時完全不會想到失蹤、死亡、結婚或分手的機率問題，因為在生命面前，這問題太小，小到不值一提，小到只有那些興致盎然的英國研究會去研究它。何種現實熱門？何種現實冷門？這必然不在孟若老太太的管轄範圍內，她反正不負責摹寫現實，她只負責以小說摹寫生命本身——對，哎，生命嘛，小說嘛，你知道的，你都知道（菸）。

⚜ 艾莉絲・孟若

ALICE MUNRO（1931—）

艾莉絲・孟若（Alice Munro），二〇一三年諾貝爾文學獎得主。一九三一年七月出生於加拿大安大略省。於時報版《感情遊戲》序言中，譯者張讓曾如此形容孟若：「她每天起床就寫作，寫作過程中修改得非常厲害。而且難以相信的是，她對自己毫無信心，小說寫完了從不拿給人看，直接就寄給了紐約的經紀人。」

確實令人難以置信——關於作家的自我懷疑，我從來就充滿懷疑。我的意思是，一位創作者當然可以自我懷疑，這也屢見不鮮，但如此懷疑極可能有其限度；因為當初稿完成，我們總是必須修改，而修改所依據之準則，無可迴避就是心中那位「理想讀者」——來自於創作者之擬造。理想讀者必然有其偏好、其品味、其美學標準，而作家本人的品味與美學標準自然就體現在這位理想讀者身上。當自我懷疑到了一定程度——換言之，若此一「心中的理想讀者」形貌模糊，陰晴不定，焦慮不已，品味難以捉摸——則你如何下筆修改？許多時候我懷疑那樣的自我懷疑（如若經由公開表述）不免摻雜了自謙，客套，拘謹，或甚至根本就是個謊言。但無論如何，知道自己心目中的最強老太太也總是處於自我懷疑狀態，無疑令人倍感安慰。嘻嘻。

我就要我的生命像這樣

——艾莉絲·孟若〈家傳家具〉

在艾莉絲．孟若截至目前為止僅有的中譯本裡，收錄於《感情遊戲》中的〈家傳家具〉（舊版名，新版名〈家具〉，收入《相愛或是相守》，木馬文化出版）顯然是頗具特殊性之一篇，因為那疑似孟若之自傳性作品——事實上，也是較少數採第一人稱敘事觀點之篇章。然而故事最初並非始自於「我」，而是從艾芙瑞妲身上開始的。艾芙瑞妲是個，嗯，作家。作家，但不盡然；因為如果是現在，我們或許會稱她為「文字工作者」。她並不那麼稱頭，雖然你每週三次能在報上看到她的專欄，但那只是個基本上沒人看的地方小報；此外她尚且為人代筆，在「弗洛拉．辛普森家園版」替辛普森女士捉刀，回答讀者們的無聊問題。那問題確實無聊透頂，我沒騙你，從回答就看得出來：

濕疹真是討人厭的毛病，特別是在這種大熱天，我希望蘇打粉有點效。家庭治療固然應該重視，但請教醫師絕無壞處。聽到你先生能起床行動了實在是大好消息。你們兩人都傷風病倒想必不愉快……

是以，艾芙瑞妲，「我」的父親的表妹，是個作家——但不盡然。然而她同時地位崇高，是「我」家的特殊家庭友人。之所以特殊（很明顯比姑姑、姑丈那些其她的親戚們更特殊），體現在各式各樣細節上。最明顯的是談話——例如，當我們討論時事，我們討論的是什麼？這答案人人相異，「姑丈們也有意見，但他們的意見既簡短又大同小異，都表達出對公共人物尤其是外國人永遠的不信任」；「我的母親曾是教師，她很可以一下就在地圖上指出所有的歐洲國家，可是她看事情都透過一團個人迷霧，因此大英帝國和王室龐大恍惚，而其他都縮小了，丟進亂糟糟的一堆裡以免操心」——潛台詞：鄉巴佬，不意外。至於艾芙瑞妲，她的談話有個人特色，「我」歸納如下：「艾芙瑞妲的見解和那些姑丈並沒什麼大不同。至少看來這樣。可是代之以抱怨和丟下不談，她出之以哈哈大笑，以及講內閣總理和美國總統和約翰．L．路易斯和蒙特婁市長的故事——讓他們都出醜的故事。」

所以我們知道了：作家畢竟是作家。儘管不太稱頭，但總還是個作家。艾芙瑞姐確實比旁人「聰明」些，至少在那個年代的加拿大安大略省鄉下。她也比其他的親戚們稍多見識，更幽默，更靈巧，更刁鑽。我們幾乎可以確定她也自視高於那些她鄉下的窮親戚們。這是作家自己的城池：她之所以有資格在報端執筆（儘管那也只是個小不拉嘰的發言權），正是因為她總還更像個知識份子——但同樣，並不盡然。於此，孟若的小說筆鋒儘管樸實，卻處處夾帶著雞皮疙瘩般細小的針頭，細緻，尖銳且近乎刻薄。我們幾乎也可以了解，敘事者「我」也自認為高了艾芙瑞姐一級。

她高她一級。但到底有什麼好比的呢？因為「我」後來也成了個作家。在「我」的青少女時期，在那眾多食之無味棄之亦不可惜的鄉下家庭聚會中（想想那個年代眾人對「女作家」此一職業的感想吧；想想那些欣羨、質疑、看好戲、不以為然兼而有之，足以裝滿一整座穀倉的閒言閒語吧），艾芙瑞姐也早早看出了這位晚輩的異於常人之處：「我」的靈活、細膩、異於常人的反應與穿透力；也因此，艾芙瑞姐對「我」更親切些。像是與「我」進行著微妙的共謀，比如：「她總叫她的香菸小菸。我十五還是十六歲時她欠身過桌子來問我：『你要不要也來根小菸？』」對，請客抽菸，在「我」的雙親面前進行，那是保守而思想傳統的雙親唯一的縱容——對於所謂「讀書人」，他們終究還是得客氣些。

但這一切並未持續太久。「我」上了大學，成了個文青（主修文學，看藝術電影），即將成為一位作家；而艾芙瑞姐則幾乎與家族斷絕來往——因為她交了個男友；根據消息，要不是已實行未婚同居，否則便是這男友尚且是別人的先生——對於家族而言，兩者同樣罪不可赦。「我」也有了交往對象，且很快決定結婚。在婚前，「我」終於接受了作家艾芙瑞姐的邀請，去到她住處，吃了一頓午餐。那是個僻處城南的破落之屋，幾乎全被陳舊而發出腐敗酸餿氣味的「家傳家具」（床、梳妝台、椅子、餐桌等等）佔滿；那是艾芙瑞姐母親的遺物，塞滿了所有空間，令人寸步難行。而在餐桌上，艾芙瑞姐與「我」之間的對話是這樣的：

「那你做什麼消遣？」

那時多倫多一家戲院正在演《慾望街車》，我告訴她我曾和兩位朋友搭了火車去看。

艾芙瑞妲讓她的刀叉在餐盤上喀喇喀喇大響。

「那骯髒東西。」她叫。她的臉朝我衝過來，刻滿了憎惡。然後她緩和下來一點說，但還是帶了強烈不悅。

「你巴巴跑到多倫多去看那髒東西。」

我們吃完了甜點，比爾挑那時刻問他是不是可以離桌了。他問艾芙瑞妲，然後極其輕微地點頭問我。他回陽台去了。很快我們就聞到了他的菸斗味。她站起來時臉上帶了種痛心的溫柔神情，我以為她要跟了他去。然而她只是去拿香菸。

她把菸包遞過來，我拿了一根，她刻意輕鬆說：「我看你可保留了我給你開的習慣。」她應該記得我已經不再是個小孩了，也沒有到她家裡的必要，她實在不必把我弄成敵人。而我也無意爭論——我不在乎艾芙瑞妲怎麼想田納西・威廉斯，或她對任何事情的看法。

所以我們知道了，這正是比親戚們都再高一階的作家艾芙瑞妲的「家傳家具」——她帶著它們，拖著它們，朝夕相處，像一個揮之不去的古老夢境，巨大沉重至令她難以喘息亦難以迴身。她離開小鎮到了城裡，成了家族中最具見識與才智之人，但，不過如此，終究不過如此。而她那不討人厭的同居男友比爾看來也不怎麼稱頭——出之以網路流行語：是個魯蛇（loser），不是個winner。每個人都希望成為人生勝利組，而這卻是一場高不成低不就的階級流動——在智識上或許成功了一半（對，她比一般人聰明些，但她完全無法理解類似《慾望街車》這樣的作品，得證：果然就只是個專寫無聊專欄的二流作家的料）；而在經濟上則是全然失敗。這看在也想成為作家（但也得先結婚，唉）的「我」心裡會怎麼想呢？於此，孟若的筆法尖刻近乎殘忍：「我不在乎艾芙瑞妲怎麼想田納西・威廉斯，或她對任何事情的看法」——是的，當「我」還是個小孩時，是艾芙瑞妲把第一根「小菸」遞給了「我」——家族中僅有艾芙瑞妲擁有如此特權。現在小孩大了，翅膀硬了，借用詩人唐捐書名，這簡直是「我」反戈相向，對艾芙瑞妲進行的一場「無血的大戮」。然而這豈非傷人一萬自損三千？艾莉絲．孟若如此描述「我」的歸途，大段照錄如下：

那個星期天，在艾芙瑞妲那裡吃完了午餐，我打算走回住宿的房子。如果來回都用走的，那我大概走了有十哩路，應該夠抵銷我吃的那餐了。我覺得很脹，不只是來自食物，而是來自每一樣我在那房裡所見到和感到的。擁擠、老式的家具。比爾的沉默。艾芙瑞妲的愛，像雪泥一樣頑固，而又不當、無望——至少就我所見——光是年紀一項就夠了。

我走了一段後，肚子不再覺得那麼沉重了。我發誓未來二十四小時內不再吃任何東西。我朝北又朝西走，朝北又朝西，在那整齊的長方小城。星期天下午，除了主要街道上幾乎沒有車。有時我的路線剛好和一條巴士路線重合幾街塊。一輛巴士可能經過，裡面只有兩三個人。我不認識也不認識我的人。真好。

我撒了謊，我並沒要和什麼朋友碰面。我大多朋友都回他們住的地方去了。我未婚夫要到明天才會回來——從渥太華回來路上他去看他父母，在寇柏爾格。等我回到住宿那裡一個人都不會有——我不必費心去和任何人談話或聽人講話。我無事可做。

我走了一個多小時後，看見一家開門的藥店。我進去喝了杯咖啡。咖啡是重溫過的，既黑又苦——味道像藥，正是我需要的。我本就覺得輕鬆，現在覺得高興起來了。這樣的快樂，單獨一人。看外面人行道上向晚的陽光，樹枝上剛出的葉子投下稀疏的影子。聽見店後頭剛才招呼我的男人收聽的球賽廣播。我沒想到將來會寫的關於艾芙瑞妲的故事——不特別想那——而是想我想做的事，那比構思故事更像從空中抓取什麼。觀眾的聲音傳來像響亮的心跳，充滿了哀傷。美好、聽來正式的聲浪，帶著幾乎非人的贊同和慨嘆。

這就是我所要的，這是我以為必須留意的，我就要我的生命像這樣。

小說嘎然而止。這就是「我」所要的。「我就要我的生命像這樣」。像怎樣？自由。或許。在那個無所事事的午後，晴日豔好，四下無人，而「我」穿街走巷，受了一肚子氣——那氣並非直接來自艾芙瑞妲，她過得也稱不上好，她的階級流動計畫已確定以失敗作收，遑論其他。令「我」如鯁在喉的並不單單只是艾芙瑞妲對文學的無知與她對「我」的無理斥責，而是**所謂作家**的下場。「我」生氣的對象正是自己。（我幹嘛愛上個苦差？寫作？真是自找麻煩！）人真能擺脫自己的出身嗎？人真能擺脫那些趕也趕不走的「家傳家具」嗎？在那個年代，在加拿大的安大略省鄉下？我們不知道，但至少她想要擺脫——「我」想要，艾莉絲．孟若也想要。然而那從來不是件容易的事。一九三一年七月，孟若出生於安大略省，十二歲起因母病開始負擔家計，十八歲上大學，二十歲由大學中輟嫁給詹姆斯．孟若，（以上皆與〈家傳家具〉中的情節一模一樣！）婚後邊帶小孩邊寫作。她還能如何尋找自由？二十二歲時她第一個女兒出生，為她洗尿布時她不會知道六十年後她將成為史上首位加拿大籍諾貝爾文學獎得主。她不會知道那漫長的人生道路上未知的遭遇——但她必須離開，離開家鄉，離開那些本然地笨重著，拖曳著她的靈魂的家傳家具，那眾多令她在黑暗中磕磕絆絆跌跌撞撞的物事——她或許帶著歉疚，但她必須如此。

那就是她所要的。她就要她的生命像這樣。

艾莉絲．孟若
ALICE MUNRO（1931—）

艾莉絲．孟若的「家傳家具」是什麼？九歲時她母親得了帕金森症，十二歲起她開始分擔家計；而她的父親以養殖狐狸和貂為生，顯然沒有太好的收入。一般認為收錄於她首本著作《幸福陰影之舞》（Dance of the Happy Shades）中的〈烏德勒支的寧靜〉直接涉及此事：上完四年大學之後，姊姊回鄉照顧母親，同時告訴正要去上大學的妹妹：「我也給你四年」——然而妹妹選擇中途輟學，結婚，離開家鄉，直接背叛了這樣的束縛和約定。一九七〇年代在出了兩三本書之後，孟若開始收到來自家鄉鎮上鄉親們的「讀者來函」，抗議孟若將他們寫進小說裡——其中一封來信只寫了一句話：「你以為你是誰？」兩年後孟若出版了以此為名的短篇小說集《你以為你是誰？》。這是孟若的「家傳家具」——她的書名當然是自嘲；卻也或許自證了她並非全不在乎。我並無不敬之意，我們每個人或均曾經歷類似難關，其間甚至可能牽涉倫理責任，取捨不易，其酸苦艱難或終不足為外人道。家傳家具們堆在那裡吃灰塵怎麼辦？丟掉，或拖著走。選擇的結果有兩種；人心的陰影或光亮則有無數種。

即使老媽媽也曾是個新手

——艾莉絲．孟若〈紅晚裝——一九四六〉

小屁孩。沒人知道該如何對待那些我們慣常稱之為「小屁孩」的人類特有種——他們或許十歲（所謂兒童），或許十三五歲（所謂青少年）；後者咸認是為眾成人之公敵，人類文明社會之最大威脅。孰以致之？原因並不複雜：他們不是大人，也不是小孩。他們年輕的生命充滿了可能性，也因之而充滿了不確定性；他們的行為在完成前不可預測，在完成後則往往難以識讀——純粹善不足以釋義，純粹惡不足以涵括，謂之「隨機無目的」亦不足以盡其形貌。於此種狀態下，某些青少年可能做出駭人之事，其大者令人難以收拾，其小者，至少，令人尷尬無比。

此之謂小屁孩。小屁孩有小屁孩的對立面：那些或許不那麼魯莽，不那麼自信，天性害羞且多思慮者。以文明（或曰世故，或曰狡詐，或曰殘暴）之成人世界觀之，他們不白目，他們或許彆扭但終究討喜得多。然而令人高度懷疑的是：或許事實上，他們與小屁孩們並沒有太多本質上的差異。且容我以賦予此一品項一暫行範疇，曰：**新手**。新手上路，請多包涵。而艾莉絲．孟若的〈紅晚裝〉說的正是「我」這樣一位少女：

我們談到班上的男生，從前排到後排往往返返地點名，然後問「妳喜歡他嗎？」「有沒有一點點喜歡他？」「那麼，你討厭他嗎？」「要是他約你出去，你會答應嗎？」事實上不曾有人約會過我們。那時我們才十三歲，升上高中才兩個月。除了男生以外，我和朗妮也做雜誌上的問卷，測驗自己有沒有個性，會不會成為紅人。我們也讀那些教我們怎樣化妝的文章，怎樣突出我們的優點，怎樣在第一次約會中談話，以及當男生想要得寸進尺的時候，我們該怎樣應對。還有那些關於更年期冷感症、墮胎，以及丈夫何以要尋求外遇的文章，我們都一一讀過。除了學校作業以外，我們把多數時間都花在收集、傳遞和討論各種與性有關的資訊上。我和朗妮說好了要把所有事情都告訴對方，然而有一件事我沒有對她說。那是關於高中聖誕舞會的事，母親就是為了它給我縫製一套晚裝。我沒有對朗妮說，那個舞會啊，我不想參加。

或許她們並不怎麼幸運：小說主角「我」，和手帕交朗妮。朗妮母親早逝，而父親則「從不曾留意她」。沒人理你——對一個新手來說，這可能同時意味著幸與不幸。有趣的是，相較於朗妮，主角「我」的家庭背景暗晦不明；讀者們只知道她有個不很稱頭的母親，為了學校的聖誕舞會，母親親手替她縫製了一件紅晚裝。

但「我」不是很想去那聖誕舞會。「我」並不想穿上那件母親替她親手縫製的紅晚裝——熟悉孟若的敏銳讀者可能已然未看先猜：啊，這是〈家傳家具〉啊，那些笨重，擁擠，破壞（生命的）動線，揮之不去又教人跌跌撞撞的「家傳家具」，不是嗎？那些承載了家人們（長輩們）的愛與老朽，恨與酸腐；他們的奉獻，佔有欲，控制權，那些你無法心一橫就地拋去的物事；那些無所不在的，情感的重擔，不是嗎？

是嗎？讓我們繼續看下去。面對一場「我」不想參加的舞會，面對一件「我」並不樂意穿上身的紅晚裝，母親簡直是耗盡畢生功力了。她有她隱密的期待，這正與小說主角暗晦不明的身世相關：自始至終（小說始自於母親與那件完成中的紅晚裝，終於聖誕舞會結束後），「我」的父親未曾現身。這其實是個父親缺席的家庭。我們不會知道有什麼往事匿藏於敘事的褶縫陰影中。艾莉絲・孟若的刻意迴避構造了敘事中的留白，為的是接下來（相關於此）的含蓄側寫：「我」不想參加聖誕舞會，因為「我」並不出色，「我」擔心無人邀舞。而事情果然如預期般一場糊塗：鬧烘烘亂成一團的場合，各種角力、較勁與求偶儀式在昏暗嘈雜的場地中上演，而「我」果然乏人認領。想想：你事先預期那很糟，接著證實它確然很糟，而這直接命中的證實（命運？）必然讓身處當下的你感覺再糟上十倍。於是「我」沮喪無比地躲進洗手間；然後在那裡遇見了瑪莉・福瓊。

瑪莉・福瓊是誰？「她是女運動員協會的管理員，也是那種榮譽榜上的人物。她經常在各種活動中負責安排工作，這次舞會的籌備工作也有她一份。我記得她曾經到各班去召募志願者幫忙佈置場地」——換言之，她可稱頭了（至少比做了件紅晚裝給「我」的母親稱頭多了——對於母親，主角描述（抱怨）如下：「母親在我周圍爬過來爬過去，那模樣讓我很難堪。她的膝蓋吱吱嘎嘎作響，呼吸粗重，並且一直在嘀嘀咕咕。她在屋子裡不穿胸衣和長襪，只穿著坡跟鞋與短襪，腿上有許多標記似的滿佈著藍綠色靜脈的腫塊。母親蹲坐的姿勢讓我覺得很不雅觀，甚至有點下流無恥。」）瑪莉．福瓊是個風雲人物，她並非「我輩中人」，她毫無疑問屬於贏者圈，一個距「我」何其遙遠的世界。但意外的是，這樣的瑪莉．福瓊竟也躲在洗手間裡；她不是來解手的，她也覺得這場合蠢斃了——這結果，這景象，亦步亦趨且不假思索地複製了成人世界的通則，成人世界的粗暴與偽善。瑪莉．福瓊隨即向「我」提出邀約：她們，兩位剛從舞會中遁逃出來的女孩們，偷偷跑到隱密的儲藏室抽了根菸。煙霧繚繞的三不管地帶裡（儲藏室的象徵：一個祕密，暗房，法外之地），瑪莉和「我」開始閒聊起來。能言善道的瑪莉向「我」談及了畢業後的計畫：她想當體育老師，所以她必須上大學。為了學費，她計畫在咖啡館裡打工，必要時還可以到田裡做些粗活。說著說著，瑪莉再次提出邀請：「嘿，我們還要在這裡待下去嗎？去拿大衣吧，我們一起走。我們可以去『李氏』那裡，喝一杯熱巧克力，舒舒服服地說話。」

許多年後——如若小說人物亦有存在於小說之外的生命（但抱歉，令人遺憾的是，事實上就是沒有）；許多年後，若是「我」回想起這麼一個人：她自信、反叛，不屈從於流俗，完全知道自己該做的事是什麼；許多年後，當我同時回想起那麼一段短短的路程，「我」與瑪莉走出儲藏室，沿著舞池邊緣，迎向室外夜空中的涼風，那自由的空氣，夢想中的自我——不，這是段被截斷的旅程，就在舞池邊，「我」遇到了班上的男孩瑞蒙，而瑞蒙突然向她邀舞，嗣後並送她回家。混亂的舞池裡，不知不覺的舞步間，「我」想的是：

我想我有必要告訴他那是個誤會。我應該說其實我正要離開，正要和我剛結識的女孩一起出去喝一杯熱巧克力。但我沒有說一句話。我的臉在做一些細微的調整，毫不費力地改成了一副心不在焉的神情，一如舞池中這些被選上的女孩，那些在跳舞的女孩。

孟若的筆鋒在此依舊冷酷，近乎殘忍，因為「我」終究本能地換了一副面貌：「我的臉在做一些細微的調整，毫不費力地改成了一副心不在焉的神情」，隨後別過臉去——向一個理想化的，象徵著「自己的可能性」（瑪莉．福瓊）的，完全相異的平行宇宙道別。這絕非〈家傳家具〉——〈紅晚裝〉在此終究走向了〈家傳家具〉的反面，在生命象徵性的十字路口，「我」選擇了一個保守的出口，將掙脫的可能性（關於「自我」，生命的意義，生活之本質的終極探問）拋諸腦後。「這就是瑪莉．福瓊看到的臉了。她從衣帽間探出頭看過來，頭上已經圈著圍巾。我虛弱地搖搖那一隻放在男生肩膀上的手，表明我的歉意，也表示我不知道發生了什麼事，而她不必等待我，等我也沒有用了。之後我別過臉，待我再回頭看時，她已經離開了」——這並無對錯，對一個生命的新手（一個害羞的小屁孩）而言，這抉擇的重量或其後果根本難以承受。新手駕駛，請多包涵：瑪莉．福瓊（Mary Fortune）暗示的就是Fortune，無非Fortune。命運。艾莉絲・孟若的敘事於此奔向終局，鏡頭回到那平凡的家庭，那縫製出紅晚裝的母親身上——夜色深濃，空間正陷落入深沉無比的黑暗，微光剪出母親鈍重的輪廓——她正凝望著窗外，「在我看見她穿著那褪色了的，印著佩斯利渦旋紋的日式睡袍坐在廚房裡等待，睏倦的臉上透著頑固的希冀，我遂明白了自己有著怎樣神祕而沉重的義務。我必須快樂。我也明白自己差一點就失敗了，而且每一次都很可能會失敗。然而，我的母親，她不會知道」——我必須快樂。誰不願意快樂呢？這不是本能的追求嗎？然而她**必須快樂**——在一個沒有男人的家庭裡，在一樁失敗甚至根本未曾健全過的婚姻裡。而在聖誕舞會結束後，「我」能被一個男孩瑞蒙送到路口。對，至少還有人要她——暫時性地。朝生暮死且毫無把握的人生勝利組。新手。老媽媽凝望著夜色本身，那裡或許有著她陰魂不散的過去，她的少女時代，她作為一個害羞小屁孩的新手時光。一切被凝縮在母親被月光照亮了的臉上，那件漿得硬挺的紅晚裝上。

艾莉絲・孟若

ALICE MUNRO（1931–）

我個人尚且未能讀過艾莉絲・孟若所有作品——那不容易，至少正體中譯本至今也尚未出齊——但我極好奇她的早期作品和近期作品有何區別。本文所述〈紅晚裝——一九四六〉收錄於孟若首本短篇集《幸福陰影之舞》（二〇一四年木馬文化出版，初版於孟若三十七歲時）；與我所讀過的有限近期作品相比，其篇幅較短，結構較為單純，而主題也確實較為明顯。負面言之或謂「詞氣浮露」——然而這言過其實，不至於此；正面視之亦或可謂「生猛」，氣味辛辣。難以確知此是否為早期或近期作品之「通則」。然而若與〈紅晚裝〉相比，〈浮橋〉、〈家傳家具〉、〈熊過山來了〉諸作確實更投我個人所好。另有一事值得一提：本書所敘及孟若作品，似乎恰恰皆屬較「平和」或「正常」者；事實上孟若有一類作品完全偏離此類印象——變態亂倫殘忍血腥皆有之（我突然想起那「黑乙一」或「白乙一」的封號）；但也稱不上好讀——這點倒是一以貫之。連變態血腥都不甚好讀，大概也不用期待什麼電影改編了。然而也是有的：〈熊過山來了〉。此則短篇於二〇〇七年由加拿大年輕導演 Sarah Polley

改編為電影《Away From Her》，曾獲奧斯卡金像獎最佳改編劇本提名，我看了，老實說我認為小說比電影好上一截。對我而言這電影有些極特殊之個人記憶點，除了艾莉絲・孟若是我心目中的最強老太太之外，Sarah Polly這位年輕導演同時也是艾騰・伊格言（Atom Egoyan，就是我筆名的由來，我非常喜歡他到好萊塢之前的作品）名作《意外的春天》（The Sweet Hereafter）中的重要演員——《意外的春天》可能就是我個人在Atom Egoyan作品中的最愛。而《Away From Her》中得了阿茲海默症的老太太則由Julie Christie擔綱——我也同樣喜愛這位老太太數十年前在電影《齊瓦哥醫生》中的演出。以上是個人花癡時間。

與上帝討價還價的後果

——艾莉絲．孟若〈柱和樑〉

二〇一三年諾貝爾文學獎頌辭：「當代短篇小說大師」（the master of the contemporary short story）。藝術難免主觀，諾貝爾獎頌詞當然不必然準確；但此次艾莉絲・孟若當之無愧。個人看法，較之於某些其他短篇大師名作——如同樣以短篇小說名世的瑞蒙・卡佛、《十一種孤獨》中的理查・葉慈、《異鄉客》中的馬奎斯；以上均已臻世界頂尖——若僅以短篇論，孟若均再稍勝一籌。她確是當代短篇小說大師，名副其實。

〈柱和樑〉（收錄於舊版《感情遊戲》；新版名〈樑柱〉，收入《相愛或是相守》，木馬出版）。十八歲的美麗姑娘羅娜嫁給了三十歲的大學數學教授布壬登，生了兩個可愛的小孩（伊莉莎白和丹尼爾），也因而與布壬登的天才學生來諾相識。在從前，來諾的狀況其實並不像現在這麼糟——或說，這麼「正常」。他原本是個數學天才，但在畢業過後數年患上精神疾病，不得不放棄了所有學術野心，只能在一個教會小刊物編輯部裡當編輯混口飯吃。來諾愛戀著美麗的師母羅娜，安靜、純真而絕望。他每星期偷偷寫詩給羅娜，而她從不回信，但也未曾將此事告知丈夫。比起丈夫布壬登，羅娜和他其實更談得來——那有些soulmate的意味。不，非僅如此，比這還稍稍多些——當布壬登走出他們的視線，羅娜會輕聲告訴來諾「謝謝你的詩」，而後者則會發出一個塞住了往後所有可能對話的語音。來諾的害羞可以理解，而羅娜則不很清楚自己的行為；（她該告訴丈夫嗎？如果不該，那是否純粹只是為了給來諾留點面子？給眾人的關係留點餘地？）但我們也約略明白：那是她寧可保有的祕密——她才十八歲，雖說嫁得好，但說白了，畢竟對於自己「沒玩到」有些隱然的遺憾；以她的外貌，若是沒這麼早嫁，她或許能在更多情愛遊戲中游刃有餘，顛倒眾生，體會更多她未及體會的青春浪漫之事。

於是來諾成了她的出口。心靈上的工具人。她不會對來諾出軌，當然不會；但那是獨屬於她自己的，一項隱密而自私的自我安慰。終究，事件停滯於此，愛戀停滯於此，一切都懸浮於張力邊緣，靜止於針尖之上。來諾仍偶爾拜訪老師，見到師母羅娜；然而一切混沌未明；彷彿空氣中一條透明的，懸吊的絲線，始終未曾越界綳斷。而在那許許多多次的會面中，羅娜曾向來諾提起自己的童年記憶，關於她的母親以及一齣廣播劇：

她告訴他她唯一記得的母親的事。一個冬天，她和母親在鎮上。人行道和街道間有雪。她才剛學會看鐘，抬頭看郵局的鐘，發現正是她和母親每天都聽的廣播劇時間。她深切關心，不是因為錯過了故事，而是因為收音機沒打開，母親和她自己沒收聽，不知道故事裡的人會怎樣了。她感到的不只是關心，而是恐懼，想到出於某種不經心的缺席或巧合，東西可能丟了、沒法發生。

而即使是在那記憶裡，她母親也只是腰臀和肩膀，裹在厚外套裡。

廣播劇事件：畫面寒冷灰暗，母親面目模糊，而小女孩羅娜的心思既可愛又恐怖——如果我們忘了開收音機，如果我們未曾追問那些角色們的下落；甚或，如果我們單單只是忘了，那麼，那些人會往哪裡去？——「想到出於某種不經心的缺席或巧合，東西可能丟了、沒法發生」。這白描細膩無比（最強老太太艾莉絲・孟若的招牌菜：psychological realism），極幽微地隱喻了個人面對巨大命運的惶惑：在那驟然臨至之命運（個人的或他人的，愛，恨，驚喜，災難，意外與困境，生命之泥淖或深井）之前，一個冬天，一個孤獨的人（剛學會看鐘：無能於掌握人與他人、人與社會之關係，甚至連母親的具體形象皆如此遙遠漫漶；一如羅娜與來諾——他們的雙人探戈正踩在紅線上，他們的下一步尚且懸宕於虛空之中），究竟還能做些什麼？

這正是存在本身之困境：雪天陰冷空曠，未知的恐懼無始無終。你不會知曉那終將擺佈了你的究竟是什麼。你能踏出試探的那一步嗎？羅娜終究做了，滿懷遲疑地——她知道有個空檔來諾不在家，於是以還書為藉口，騙過了管理員，獨自一人進到來諾房裡：

她真正想做的不再是搜查而是坐在地板上，在塑膠磚方塊的中央。坐幾個小時，不是看這房間而是沉進裡面。坐在這沒人知道她或想要從她得到什麼的房間裡。坐在這裡很久、很久，變得越來越尖越輕，像針一樣輕。

羅娜在做什麼？當然連她自己也不知道。或許那就是「命運交織的房間」？一個命運的鍋爐室或主控中心？廣播劇作家（上帝）在那裡寫下所有人物的去處，而在上帝腳下，你別無選擇，只能越來越輕。

羅娜的隱密心事必然只能不了了之，因為這時堂姊玻莉出現了。玻莉來找羅娜，帶了個行李箱，就此住下，沒有要走的意思。羅娜知道怎麼回事——她自己出身底層，父親和母親現在都過得並不好；而玻莉的景況也不遑多讓。她是走投無路才投奔到羅娜這兒來的。為何是羅娜？因為親族們總是認為羅娜過得比他們好些——藉由美貌與婚姻，她兵不血刃地實現了自己的階級流動。

但羅娜又能有多少自由呢？她能自作主張讓玻莉賴著他們不走嗎？這如何可能？就算她同意，布壬登也不會同意。就在玻莉崩潰大哭之後

（當然，是在羅娜面前，沒讓布壬登看見），羅娜和布壬登夫婦一家四口出門進行了一趟家庭旅行，將玻莉獨自一人留在家裡——這使得羅娜在整段兩天一夜的行旅中都提心吊膽。她相信自己的直覺；直覺是，當他們到家時，將會看見玻莉將自己吊死在後院裡——為了玻莉自己的困境，也為了控訴羅娜的漠不關心或無能為力。整個漫長的回程，焦慮不已的羅娜持續在心中豢養著玻莉在門後上吊的心象。隨著關鍵時刻逼近（他們就要回到家裡了），恐懼與歉疚在羅娜心中翻騰，致使她在心中展開和上帝的協商，一場討價還價，一個「沒有信仰的人的投機禱告」——如果，如果能讓玻莉一切平安，她願意拿什麼去換？

不能是小孩。她一把抓住那想法丟掉，好似把孩子們從火裡抓出來。不能是布壬登，為了相反的理由。她不夠愛他。可以說她愛他，到某一程度，而她要他愛她，然而和她的愛平行有點恨的微鳴，幾乎總是在那裡。因此以他來討價應該受譴責—也沒有用。

她自己？她的容貌？她的健康？

她想到也許她的取徑不對。在這樣一種情況，可能由不得你選擇。由不得你設條件。你碰見時就會知道了。你必須答應兌現承諾，在無知於是什麼的情況下。答應。

可是和孩子們無關。

上了卡披蘭諾路，進了他們自己部份的城市和他們自己角落的世界，在那裡他們的生命有真正的份量、而他們的行為具備後果。他們房子無可妥協的木牆，透過樹木露出來。

我們都在自己心中做過類似的事不是嗎？和神討價還價。或者，這並非「討價還價」，（一介凡人，究竟有何資格，有何籌碼與神討價還價？）僅僅只是交付自己的一些什麼——向神示弱，向神表達自己交付的意圖，獻祭的意圖。向命運臣服。誠心誠意。美麗的羅娜心中千迴百轉（於此，她的恐懼重合了童年時期那寒冷雪天裡對廣播劇中人的擔憂——

對命運的擔憂），好容易捱到到了家，撞見的是來諾和玻莉的邂逅——來諾意外來訪，遇見了守在家中的玻莉。他們正彼此調笑，看來如此愉快，彷彿幸福唾手可得。於是羅娜突然領悟，那就是上帝自她懷中取去的代價：她和來諾之間的祕密。隱密而終未實現的純真之戀。她將徹底沉落入婚姻生活的墓穴，深埋其中；她的美貌將再無用處，不會再有韻事，不會再有追求，不會再有戀曲或任何戀曲之暗示或前奏。而她如此年輕；在未來，在她的美貌與青春逐日凋萎的漫長時日裡，不會再有任何事發生。那將是她的冀盼，她的失落，她的幸福與不幸福，她向上帝討價還價的最終結算。然後她聽見她的女兒(四歲的伊莉莎白)的聲音，隔著窗戶，隔著庭院——隔著他們長日漫漫的後半輩子傳過來：

伊莉莎白又叫了：「媽咪。來。」然後其他人也叫——布壬登和玻莉和來諾，一個接一個，叫她，取笑她。

媽咪。

媽咪。

來這裡。

這發生在很久以前。在北溫哥華，他們住在柱樑式房子裡。那時她才二十四歲，對討價還價還是新手。

週日下午，天光晴好，她如此年輕，風華正茂，然而她的一生已然結束。這收尾極端恐怖：許多年後——「這發生在很久以前」，作者孟若將時空突然擲向一遙遠而無可逆反之未來，若無其事地暗示時間已過了很久；「那時她才二十四歲」——所以也許，她現在已六十四歲，或七十四歲，或八十四歲，數十年光陰飛逝，沉重至幾乎若無其事；「這發生在很久以前」，就那麼一句話一個句點嘎然而止，無解釋，無延伸，這是真正的舉重若輕——啊所以，許多年後，當不再年輕的羅娜回想起這一切，當我們終於領悟我們當年對討價還價還是新手；然而一切已然太遲。是啊，跟上帝討價還價，你以為你佔得到什麼便宜嗎？何況是個新手？在上帝面前，人所能要到的或許就只有那麼少，甚至更少，少到不可思議；趁你還是個新手，祂誘騙了你做出交易，而貨物售出，概不退換，不惜違反消費者保護法令，連鑑賞期都沒有。生命終究如此，不過如此，你只能湊合著、對付著過下去。人生不值得活的。但那不好嗎？不見得，或許那其實幸福得很。

這是〈柱和樑〉，艾莉絲・孟若，二〇一三年諾貝爾文學獎得主。六十年來她維持著規律的寫作生活——「試著每天都寫幾頁，」她說：「如果有時我必須出門幾天，那麼我會先把那幾天的份量寫好」；日復一日。她或許不是具有狂野爆發力或想像力的那型（有其他作家樂意勝任此要職，且其成果同樣令人激賞），她過得與她筆下那些小人物們的凡常哀喜並無二致。但她知道生命的祕密就在其中，喜悅與悲傷，快樂與無奈，滿足與遺憾；那是常態。在生命的長流中，或許即便是諾貝爾獎皆如此輕盈，輕得不值一提，幾乎沒頭沒腦像個隨機事件。或許孟若老太太在年輕時也曾試圖和上帝討價還價過——我想至少在當時，上帝不曾允諾她什麼，或即使有也拒絕透露。她不會知道。那時，她對討價還價也還是個新手。我們每個人都是。

⚜ 艾莉絲・孟若

ALICE MUNRO（1931—）

艾莉絲・孟若今年八十三歲了，幾乎一輩子生活在加拿大南安大略小鎮。「Munro」是她首任丈夫的姓。她創作生涯長達六十年，最終交出了十餘本短篇小說創作。缺乏長篇創作卻純以短篇小說取得極高聲望成為孟若的特色之一（非常罕見），小說家童偉格採取了一種有趣的觀點的解釋此事：「時間重層被疊架起，如此，結成孟若向來敘事中，一種執著的『全知』：在被置於回憶中的書寫遺動時，更大量不被書寫的，養成這特定觀點的過往一併被置入。敘事者如此，將一切可能的戲劇性，多版本編組成意義，或無意義的已證」、「以穩定的『建築學』，抵拒現代主義小說的狂飆與譫妄，而為她的讀者，留存一恍如靜態般悠遠的小說田園。這樣的全景重返，似乎也只有在短篇小說的篇幅裡，才有可能模型般完美地成立了」（《聯合文學》雜誌第354期）——我想童的意思是，孟若的內在老靈魂無役不與，恆常與（生理上）年輕或年老的孟若同時俱在；而正是這樣的敘事核心與聲腔（穩定的建築學：「這發生在很久以前」、「那時她才二十四歲，對討價還價還是新手」）直接導向了兩個孟若敘事學的終局：其一，時間跨幅極長，戲劇化程度較低之短篇小說（全景重返）；其二，因其「去戲劇化」，因之不期待任何戲劇化之救贖，而此種「不期待」亦恰恰因自證了生命本然之庸常（之無救贖？）而更顯深刻。

似乎十分有理。然而我想要與童偉格商榷的是，個人懷疑，長篇小說所能者，似乎還是更多些。類似童所論述的孟若小說之敘事核心，可能於任一長篇小說之段落，配合正確之敘事聲腔亦可辦到。「全景重返」似乎並不僅存於一如模型般完美俐落之短篇小說結構之中。或許更準確的說法是，如若我們僅僅索求這樣的「全景重返」，如若我們希望排除那許許多多現代主義小說的各式狂飆與譫妄，那麼短篇小說可能是個更好的選擇；而原因只是因為，因篇幅之長，長篇小說若獨沽一味（孟若式的「全景重返」，並執著於有利於此全景重返的敘事聲腔，滄桑而世故者），則可能過於單調，終至疲乏之。反觀，正如童所言，「在集體大歷史遠小於個人生命史的安定家鄉，時間也只是以最『自然』的方式返還個人：童真的『我』，與年老的『我』，可以是反覆切割，同時並置，連續的同一人」——換言之，當個人本身產生巨變，當個人遷移離開家鄉，如若我們對其中巨變或遷移之過程產生興趣（無論其結果如何），則如此漂亮的孟若式短篇小說結構或將難以勝任。固然，多數時候生命本身庸常無比，然而那是（可能的）結果，並不代表過程必然如此。於此，老太太孟若直接凌越了那其中的愛恨糾葛——儘管那眾多糾葛可能令人形銷骨毀，但終究是被或輕盈或沉重地越過了——此為孟若驚人之優點，然亦是侷限。

嚇人的正確方法

——朱利安・拔恩斯《回憶的餘燼》

嚇人的方法有很多種，（相對）高級者或（相對）低級者——那其實與我們看完恐怖片或鬼片或驚悚片之後討論自己的腦幹與心血管系統受到了什麼樣的摧殘或毀壞沒什麼兩樣。它們有些來自於純粹的血腥或噁心（一般我們將之歸類為「較低級者」），有些則來自於某些敘事邏輯的「深度折磨」（一般我們將之歸類為「較高級者」）——舉例，因人性之惡而受到驚嚇；因命運之恐怖而感到戰慄或憐憫；等等等等。理所當然，筆者在此使用的所謂「高級」與「低級」之分直接相關於該作品之藝術成就；然而並不直接等同——畢竟藝術這回事（小說這回事）並無一精確可量化之標準。也因此，眾所周知，面對敘事所帶來的驚嚇（由小說作者一手擺佈安排），我們必然無法直接由脈搏之跳動速率或細胞死亡之數量作為衡量藝術價值之量尺；我們終究只能一段一段，case by case地，耐心地去感受、檢證並指認它的深度。比如：此一「驚嚇」僅僅訴諸感官，因而缺乏深度；彼一「恐怖」則直探人性之複雜黑暗，因此更顯深沉難解；凡此種種。而在此議題上，《回憶的餘燼》（The Sense of an Ending）這本布克獎作品恰恰提供了絕佳的範本。

朱利安・拔恩斯（Julian Barnes）。《福樓拜的鸚鵡》。三度入圍布克獎而終以《回憶的餘燼》折桂——題外話，這除了說明他運氣尚且不夠好之外，也說明了「入圍就是得獎」這句話既非客套亦非安慰，而是完全的事實。《回憶的餘燼》篇幅不長，故事也很簡單：主角東尼上大學後與初戀女友薇若妮卡邂逅，一段時間後，兩人因故分手。其後薇若妮卡與東尼的高中死黨艾卓安交往。劍橋生艾卓安是個公認頗具天分的思辯者（小說前半部花了相當篇幅展示東尼、艾卓安於高中歷史課堂上與老師的論辯——關於「歷史」究竟是什麼）；但在與薇若妮卡交往一段時間後，卻突然自殺，原因不明。準確地說，艾卓安當然留下了遺書，大意如下：對於每個人而言，生命為一不求自來之贈物，而若經深思熟慮，則「吾人必然有權決定拋棄此一餽贈」——這確然為一完美成立之論證，原本無須多言；但對於小說而言，這構成了敘事的謎團。時光荏苒，四十年過後，主角東尼（已然經歷一次失敗的婚姻，有了個女兒，滿足且習慣於於單身生活，垂垂老矣，中產階級的人生堪稱平凡並無太大波瀾）卻意外接到一封律師來函，說明初戀女友薇若妮卡的母親福特夫人已然過世，並將遺產中的一小部份（五百英鎊）留給主角東尼。

這當然是個懸疑事件。他們畢竟非親非故不是嗎？福特夫人並未在遺書中說明致贈遺產理由，但卻輕描淡寫地提到了當年艾卓安謎樣的自死——「雖然明知你會覺得怪，但我還是要補充一提，我認為艾卓安人生中的最後幾個月過得很快樂」。

這誘發了老人東尼的好奇心（就技術層面而言，敘事的推理佈局亦就此成形；小說的後半部全然攀附此一解謎主軸而開展）。老人東尼自然回想起了這位他其實並不熟悉的「福特夫人」——那印象來自於交往期間，唯一一次至薇若妮卡家作客的經驗。東尼並不認為那是一段令人愉快的回憶，因為他自始至終（一個週末的時間）都感受到來自於薇若妮卡家人（她的父親、她的哥哥）微量的輕慢；而唯一的例外就是這位福特夫人。福特夫人——也就是薇若妮卡的母親——對東尼十分友善親切，甚至曾含蓄地提醒他，「你別太讓著薇若妮卡」。

「你別太讓著薇若妮卡」。這句話相當奇怪——年輕的東尼會「讓著」薇若妮卡什麼呢？如果我們試圖解譯這句含蓄的警告（或許連警告都稱不上，或許只是客套），我們或可如此判斷：它提示了薇若妮卡某種程度的不可信任。至於是何種「不可信」，則情節或輕或重，難以判定。然而整整四十年後，我們發現這句怪話不見得會比說出這句話的福特夫人更怪——她不但留給東尼五百英鎊的遺贈，甚且附上了當年割腕自死的艾卓安（她女兒當年的男友，東尼的好友）生前最後的日記。

但東尼看不到這份日記。日記早已被薇若妮卡從中截走。

東尼開始試圖聯絡薇若妮卡。薇若妮卡（四十年後她也是個老婦人了）的態度並不友善，她沒打算交出艾卓安的日記，反將一封東尼已完全忘卻的信件影本交付予東尼。老人東尼閱後大吃一驚——那是他自己的手筆，原來四十年前，在得知薇若妮卡與艾卓安交往之後，東尼寫了這封信給艾卓安，其中滿是惡毒詛咒（「我深信時間是復仇者，會讓作孽的人禍延子孫」），甚至提醒艾卓安「就連她媽媽都警告我要防著她；換作是我，就會向她媽媽打聽」云云。而這封惡毒的信四十年來居然在記憶的誤差（自動美化？自動修改？）之下自東尼的腦海中人間蒸發——長久以來，東尼甚至認為當時的自己僅僅只是對艾卓安與薇若妮卡交往一事佯裝大方並冷淡以對而已。

這是《回憶的餘燼》丟給讀者的第一個驚嚇——它告訴你，如果你懷疑自己的記憶力，那麼你該做的第一件事並非多吃銀杏（英國研究證明，銀杏的效果非常可疑），而是繼續懷疑下去——因為人和歷史一樣複雜，這複雜多變是絕無底線的。此處呼應的是小說前半部關於「歷史」之本質的討論。我們當然立刻憶起小說第一部結束時被作者甩出來的那句漂亮得不得了的話——「歷史不是戰勝者編的謊言（亦非戰敗者的自我欺騙）；歷史在更大部分上是生還者的回憶，而這些生還者大多既非戰勝者，亦非戰敗者。」——這句話前半段譏誚、犬儒又虛無，而後半段則展示了隱蔽於其後的蒼涼無奈。那是名符其實的「餘燼」（儘管此一詞彙並未出現於原文書名中），戰勝不得、戰敗不成、戰死不能的平凡生命給自己的冷嘲。與其說這在討論歷史，不如說它以歷史隱喻著**人生**。面對人生此一怪物（而其龐巨複雜一如歷史之巨獸），唯有生還者才有所謂回憶可言（沒錯，死了的人是不會再說話了），但多數生還者的人生總是介於勝敗之間。人生不如一行波特萊爾，人生當然也不如勇於自死的艾卓安——艾卓安至少求仁得仁，而你連但求一死的勇氣也沒有——你所能做的頂多就是再想一句漂亮的話（更不幸的是，多數時候你連這樣一句話都想不出來），把它甩出來，打到別人和自己臉上。

然後在臉上紅印未褪時我們迎來了第二個驚嚇。朱利安・拔恩斯並不打算讓我們休息太久——在東尼的糾纏下，薇若妮卡引領著這不知好歹的平凡人（是的他已經夠平庸夠幸福了，在這些意外的波瀾臨至之前，他擁有某些生命中的小確幸與小不幸，如同格雷安葛林在《喜劇演員》中的那句話：「我們屬於喜劇的世界不屬於悲劇」）見識了何謂「恐怖」。東尼愕然領悟，艾卓安死前留下了子嗣——艾卓安與薇若妮卡的兒子。恐怖的是東尼的「金口玉言」——這小孩如今已四十歲，明顯有著某種心智缺陷，無法獨立生活；東尼親眼看見喪失社交與生活自理能力的他（名字也叫做艾卓安）與其他心智障礙者一同接受社區照護。他看見東尼時情緒明顯受到影響。他不自覺地轉過頭去，蹣跚而吃力地閃躲著東尼。他確實該閃躲不是嗎？——他看見的可是東尼，他人生的詛咒者（金口玉言：「我深信時間是復仇者，會讓作孽的人禍延子孫」），而這詛咒竟終究成為了他的真實命運。相較於東尼，他（這位年輕的殘障艾卓安）以及他的母親薇若妮卡的生命可真是一點也不平凡。他們是戰勝者抑或戰敗者？沒有比看見自己的惡毒詛咒居然應驗更恐怖的事情了——對，這就是恐怖自身，命運自身，拔恩斯為讀者們示範的「高級驚嚇」，一種嚇人的正確方法。沒有屍體，滴血未見，沒有鬼魂也沒有戴著頭套的殺人魔（但東尼是否就是惡魔本身呢？）；然而你不寒而慄。

心臟不夠強的讀者可以不用繼續看下去了，因為接著拔恩斯又給了我們第三個驚嚇——不，事實並非如此。東尼誤解了殘障艾卓安與薇若妮卡的關係。是的，他們是親屬，但薇若妮卡並不是殘障艾卓安的母親，而是他的姊姊。換言之，事實的真相是，那是一宗「類亂倫」案件——四十年前的艾卓安搞上了女友薇若妮卡的母親福特夫人，而後自殺（「生命為一不求自來之贈物，而吾人必然有權決定拋棄此一餽贈」）；福特夫人則懷孕誕下了心智障礙的小孩。

小說結束。讓我們試著拆解這緊接於「第二個驚嚇」之後的「第三個驚嚇」：首先，情節本身的曲折與翻轉為讀者帶來驚嚇（這確實也是推理佈局的慣技之一）；再者，「類亂倫」本身也為讀者帶來驚嚇。有一條牽涉因果的「罪責的鎖鍊」隱約在這樣的情節翻轉上浮現——事件印證了東尼的詛咒（但這點在先前的「第二個驚嚇」時已然發生），事件起因於東尼的「實際建議」（「換作是我，就會向她媽媽打聽」——如果沒有這句話，或許艾卓安與福特夫人的禁忌戀情未必發生），事件指向了另一個巨大的謎：福特夫人，薇若妮卡的母親，「類亂倫」的主角之一，究竟是個什麼樣的角色？

我必須說，在我的個人觀點裡，這第三個驚嚇並不比第二個驚嚇更高級；甚至疑似是個敗筆。是的，人們本能會受到「類亂倫」事件的驚嚇與折磨（但在這個故事裡上，那甚至不是真的亂倫，而只是「有些類似亂倫」），但這樣的恐怖較接近屍體、內臟或血腥——這是個較低級的驚嚇，它誘發的是人對亂倫的直覺反感和懼怕，它的恐怖並不比命運本身的恐怖（第二個驚嚇）更為巨大深沉。甚至，當我們因為這第三個驚嚇而難免開始揣度福特夫人的為人之時——對，她的人格必然令人疑竇叢生；四十年前，她不也對東尼十分友善親暱？她是個專搶女兒男友的「魔女」嗎？——「魔女」的出現更掩蓋了那「第二個驚嚇」：讀者暫時忘卻了對命運的敬畏與恐懼，而開始思索這位「魔女」究竟是怎麼一回事。個人以為，這「第三個驚嚇」反而減損了《回憶的餘燼》這本書的價值。

如何解決？當然最簡單的方法是，放棄第三個驚嚇，讓故事在第二個驚嚇時嘎然而止——將「罪責的鎖鍊」單一地鎖死在主角東尼身上。命運本身已足夠恐怖；它本源於道德（詛咒何以成真？）、本源於生命、本源於神與魔鬼的領域——或許只有神能讓詛咒成真，或許生命本身就是個孤獨的畸胎，被神與魔鬼暫時託管，一「不求自來之贈物」，無所依傍；或許生命始終在試圖告訴我們：對，多數的歷史來自於那些戰勝不得、戰敗不成、戰死不能的平凡生還者，但依舊有少數人像是幾輩子都活在酷刑裡永世不得超生。你能如何？沉默以對，畏懼以對，憐憫以對。那正是一切事物最後的ending，你有這個sense嗎？

The Sense of an Ending。終結感。這是較簡單的作法。另有一種方法難度較高：把小說再延長些，處理一下「魔女」的問題。如前所述，「魔女」福特夫人的出現掩蓋了第二個驚嚇，將讀者壓從命運所給予的震駭與荒謬感中拯救出來，縮減了小說的縱深，將故事拉向純粹以曲折取勝的通俗劇之一端。不，《回憶的餘燼》並不差，它依舊是一本一流的小說（而朱利安·拔恩斯更是個練家子），但我們很清楚，當我們看見銀幕上的內臟和人肉切片時，我們的嘔吐依舊神智清明——吐完一輪，將穢物清理完畢，謝天謝地，我們內心一如往常；因此得證：那終究不是個太高級的驚嚇。相較之下我們更願意讓自己的世界觀受到摧殘，而非自己的胃——如果我們還在意「藝術價值」這件事的話。

朱利安・拔恩斯
JULIAN BARNES（1946—）

四度入圍決選，終以《回憶的餘燼》獲布克獎後，早就大牌得不得了的朱利安・拔恩斯領獎時在台上依舊忍不住開了個玩笑：「我可不想跟Beryl Bainbridge一樣，死後才領個特別獎」——後者曾五度提名布克獎決選，一次也沒得。拔恩斯本人曾以《福婁拜的鸚鵡》、《亞瑟與喬治》和《英格蘭、英格蘭》等書三度入圍布克獎，二〇一一年終以《回憶的餘燼》折桂。而《福》書入圍早在一九八四年。簡直是布克獎的漫長等待。

這牽涉到作家如何面對外在評價的問題。在小說中譏誚無比的拔恩斯在受訪時同等幽默——二〇〇八年他接受採訪，訪問者追問拔恩斯何以如此厭惡批評家，他先是拿菲利普・羅斯（Philip Roth）作擋箭牌小小閃躲了一下（「我還沒有達到菲利普・羅斯那種地步。他一向在英、美兩個國家居住。一旦其中一個國家將要出版他的某部作品，他就趕緊搬到另一個國家去。我大概有七八年的時間都不讀英國的評論了」）；之後則直率表示：「我從沒有因為讀了哪篇評論而讓自己成為更好的作家——我從沒有讀過一篇評論能給我點啟示好讓我在寫作下部作品時採用不同或更好的方式。我也不善於接受那些我認為不公平的批評，不喜歡被人說廢話連篇。我覺得這些評論也不能讓我變得更好。於是閱讀評論就成了篩選一些贊美之辭，可真要這樣做的話我覺得也不怎麼光彩。」坦白說我覺得這好笑極了——是的，或許為了避免那般不光彩地篩選評論，每位作家可能都依照自己的個人脾性付出了不同努力；菲利普．羅斯的作法看來是成本最高的一種（笑，而且難道他不會遇到同步出版的問題嗎），而筆者個人的自我規訓是，練習以一種純然第三者（而非被評論者）的角度看待那些關於個人作品的評論，暫時性地假裝那並不是我的作品。純就經驗論，這似乎沒那麼困難，因為這恰恰是小說書寫的基本技術之一——化身為角色，化身為另一個人。

回到朱利安．拔恩斯——一九四六年生於英格蘭，雙親皆為法語教師；自名作《福婁拜的鸚鵡》伊始，大家都知道他是福婁拜的粉絲；而作家本人亦以此為榮，甚至半開玩笑地宣稱「從未打算停止談論福婁拜」。這令我想到作家面對經典的態度——經典者何也？答案是：一個在漫長的時間之流中許久之後仍被眾多同行讚賞的同行之作。當然，經典之所以為經典必有其道理，但這導致典律生成的周邊環境或內部因素卻極可能因時移易。也因此，我以為較正確的態度可能是嘗試**與經典對話**：持平地檢討其「經典性」及各項優缺點之形成因素，以及此類因素在當今全新閱讀環境中的可能變化。全然臣服於經典除了可能導致盲從以外，也形同直接放棄了在對經典的精密分析中自我精進之機會。一個易於觀察的範例是，引用經典，或亦可粗分為「臣服性引用」與「對話性引用」——前者拒絕與經典對話，僅是被動全然接受；而後者則願意對經典提出更細緻地觀察、檢討、批判甚或再詮釋。事實上，前者更可能是對經典的冒犯——因為那往往將經典文句窄化、淺薄化為格言式之點綴；經典因而被弱化為教條，簡化為昆德拉口中的「Kitsch」。如果《回憶的餘燼》恰巧同時示範了高級驚嚇與低級驚嚇（但必須再次強調，這是一本厲害的書，即便是較低級之驚嚇也僅是就相對尺度而言），那麼個人希望大家都能多行高級引述（對話性引用）而少作低級引述（臣服性引用）——將心比心，若能「起經典於地下」，想必它也希望自己被用得更高級些吧（笑）。

「直子的心」及其變奏

——駱以軍

於駱以軍的〈降生十二星座〉（收錄於一九九四年皇冠版《我們自夜闇的酒館離開》，駱以軍時年二十六歲；新版為《降生十二星座》，印刻出版）中，「道路十六」是我最喜歡的段落之一；其情節如下：「道路十六」是為老電玩遊戲之一種；在畫面上的4×4共十六個迷宮格中，主角開著自己的賽車，試圖躲避尾隨警車的追緝。這其中當然少不了錢袋（作為獎賞）、泥淖（作為陷阱）、鬼臉（作為懲罰）、錦標旗（作為階段性任務完成之標誌）等一般電玩常見之賞罰物件。十六個迷宮格也就是十六個地形各異的小世界，供逃逸者（賽車）與追逐者（警車）各施拳腳一較高下。然而關鍵在於，小說中，電動機台「道路十六」的設計有明顯怪異之處：畫面上右下角的迷宮格（十六個迷宮格之一），居然並無入口。

沒有入口。無法進入。（這麼說來，缺損的「道路十六」其實應該叫做「道路十五」是嗎？）

這當然令人匪夷所思。其因由如下——根據《一九八二年電動年鑑》的描述，迷宮格之所以有所缺損，原來是程式設計師刻意為之：

「『道路十六』程式的原設計者是一個叫做木澱的年輕人，這道程式上市之後三個月才被人發現出了問題，也就是第四格沒有缺口無法進入。至於是木澱刻意設下的一格空白，還是程式設計中途因他瞌睡而發生的錯誤，沒有人能知道，因為木澱在『道路十六』推出後一個禮拜，就在自己的車房內自殺了。總公司找了木澱生前的好友，也是他們電動程式圈子裡另一個數一數二的高手，一個叫做渡邊的傢伙。

「這個渡邊，嘗試著把木澱設計的程式叫出，卻一籌莫展，原來有關第四格部份的程式，被木澱單獨用密碼鎖住了。年鑒上還透露著另一段關於這兩個程式設計師之間的一段秘辛：似乎是在木澱死去之後——或許在他生前便已暗潮洶湧地進行——渡邊愛上了木澱的妻子，一個叫做直子的女孩……」

「先別說這個，」我打斷她：「後來程式究竟解開了沒有？」

「可以說沒有，也可以說解開了。」滿妹說：「渡邊沒有辦法拆開鎖住第四格入口程式的密碼，但他也不是省油的燈，就另外設計了一套進入第四格的入口程式，但這個入口，他只好把它放在別的格子的迷宮裡了。不知道有沒有人找到這個入口，但顯然確實是有這麼個入口，可以進入第四格裡。年鑒上提到，渡邊替這個看不見入口的第四個格子，取了一個暱稱，叫做『直子的心』。而且，他在『道路十六』上市一周年的那一天，也在自己的家裡自殺……」

木漉、渡邊、直子。這當然是《挪威的森林》的典故——木漉、渡邊與直子襲用的正是《挪》書中的主角人名（此處有個版本學問題：駱以軍用典之依據或應是《挪》書較早期之版本；目前常見之時報版應為Kizuki、渡邊與直子）。重點在於，藉由一段哀愁且無以名狀之故事（禁忌的三角戀情，枝椏錯亂彼此糾纏的情感心事，行經如冰雪禁鎖之孤絕異境的兩個生命；於死亡阻隔下，其內在之曲折反覆終究成謎）之後，隨著故事的意外發展，峰迴路轉，在〈降生十二星座〉裡，我們終於進入了「直子的心」：

然後，他的賽車便出現在一個空格中了。這就是第四格了，我激動地想。這個格子（這時是整個畫面）沒有任何迷宮和道路，只有兩行字：

直子：這一切只是玩笑罷了。木瀧。

下面一行寫著：

直子：我不是一個開玩笑的人。我愛你。渡邊。

有好一晌所有圍著電動的人都沈默無聲。畫面上那輛賽車停在兀自閃跳的兩行字旁。警車是無論如何也進不來了。我不知那個老電動他內心作何感想，困擾了十來年的格子，闖進後卻發現是一段別人糾纏私密的故事。兩個先後自殺的程式設計師和一個女人的愛情。「直子的心」。艱難地千方百計的進入，各種路線和策略，結果只是兩句話。「真是熾熱又寂寞的愛情啊。」我輕輕地說，並且發現每個人的臉色都很難看，便踮著腳，沈重地離開「滿妹的店」。

我始終清楚記得一件事：年少時代，我尚且就讀於台北醫學大學醫學系，在那間賃居的陰暗公寓裡初次讀到這段文字——我想我的臉色也很難看。嘗試感受一巨大之反差：「**烙鐵般熾熱的心**」（甚至牽涉到兩次死亡）以及「**無能索解的愛**」。我們感受著愛情移山倒海、摧枯拉朽的力量，身處其間束手無策；但當我們更進一步，試圖探索那愛情「何以如此」的因由，卻什麼都沒能理解。何以我愛你？何以我如此愛你？答案總是陷落於黑暗之中——那僅是一處空曠寒涼之地，無迷宮、無道路、沒有風景、沒有任何其他可供辨識之物。它甚至僅存在於一由（錯誤的）程式運算構築而成的虛擬空間之中。我們從來便未能看見一座預期中的管路迷宮，一幅巨大清晰的藍圖——A齒輪咬上B齒輪，藉由C發條、D槓桿、E絞鏈、F轉輸器等細小機械展示「人之情感」之動力方程，令我們**確知**其所從來。愛之所從來。沒有。那從來便只是一場蜃影般的華麗妄念。只有兩行字。就只有兩行字。而這兩行字背後如地底熔岩般持續翻湧的巨大能量，我們確認其存在，但依舊無從理解——因為那是別人，那不是你。

沒有入口。無法進入。人終究是孤獨的。那「無能於索解」的巨大希冀（透過單薄的兩行字以及電動遊戲畫面冰涼冷光的視覺意象傳達，如此孤寂，如此淒涼，如此蕭索）及其無望，較諸其間愛情之熾熱幾乎更令人震懾。

這是「道路十六」極其成功的意象與情節設計。而類似主題則反覆出現在駱以軍的作品之中。於〈降生十二星座〉之外，是「阿普的錄影帶」、「發光的房間」段落（以上二者均見諸《遣悲懷》）、「最後的恐懼」（見諸〈消失在銀河的航道〉，《我們自夜闇的酒館離開》）；在〈降生十二星座〉之內，是「滿妹的店」、「克卜勒行星運動定律」、「鄭憶英事件」以及「十二星座」此類如模型般精巧的情節設定。「滿妹」何以「命裡帶滿」？原因不明。行星運動何以必然遵循此種規則（克卜勒三大行星運動定律）？原因不明。曾於泳池中視死亡為無物的鄭憶英何以終究在多年後自殺而死？原因不明。世事一言以蔽之，曰：不可解。是以，生命的最後真相指向這樣的蒼涼：「突然想起這許多進進出出我底星座圖的人們。我記得他們所屬的星座並且嫻熟於那些星座的節奏和好惡，但我完全無法理解那像一大箱倒翻的傀儡木偶箱後面的動機是什麼。」這是〈降生十二星座〉的底牌（當然也是篇名之所從來），同時亦是「直子的心」的顯微全像。駱以軍在往後的長篇寫作中特有之所謂「結構」由此已可見端倪：雜揉四、五條敘事線於單一小說之中，敘事線之間的情節聯繫則非屬必要，時強時弱。不意外的是，如此鬆散結構當然引發質疑；有前輩即曾表示，如此一來，則新聞、八卦、朋友閒扯共治一爐，或隨寫隨停，或沒完沒了，「我讀不出《遺悲懷》裡的『紊亂』有什麼設計。」

然而事實上，此所謂「結構」確實不同於傳統小說，而近似於音樂——一個主題，而後為反覆周折之變奏。幾個變奏之間依舊共同指向單一主題，但彼此不在情節邏輯上存在必然之聯繫。換言之，所謂「結構」伏流於故事情節之下，而非浮顯於情節本身。對於習慣傳統小說結構的讀者而言，這確實可能造成困擾；但我個人樂於接受。畢竟情節本身依舊好看（儘管少見情節「完整」之故事主線，而代之以眾多簡短之精彩篇章綴連而成），且小說之力道並未因此折損——以駱以軍而言，在常見的情況裡，我們反而因此更能感受到如深水炸彈之力。

以上直接關乎駱以軍小說作品之常見結構與主題。如上所示，主題方面，駱念茲在茲的往往是生命的「最底層」——所謂「真相」，所謂「一大箱倒翻的傀儡木偶箱後面的動機是什麼」。這使得他的小說在先天上就構築了一座形上學的高塔，也因此在深度上佔盡先機。而此一主題之有效表現，則依賴情節與精準意象之中介。類似手法可見於《遣悲懷》中名為「發光的房間」之一節：主角「我」是個高中男校學生，成績差，外貌亦不突出，除了羨慕高大帥氣的同學在女人堆中吃得開（「每天搭公車上學的時候，淨看著身邊那些高個兒大喉結的傢伙，在完全貼擠在一起的身體關係裡，肆無忌憚地把手伸進那些女校學生的裙襬裡去」）之外，唯一的慰藉只能是在學校樓梯間偷窺對街之「裸體家庭劇場」。顧名思義，該家庭劇場甚是奇異，是個室內天體營，成員在家一律不穿衣服——換言之，爸爸、媽媽、姊姊、弟弟四人皆全裸上陣。時日遷延，共同窺看的同學們一一離去（耐心總有耗盡時），只剩下主角「我」依舊癡迷地留守閣樓。然而敘事張力的絲線終有斷裂之一日——許多年後，「我」再次回憶，當時究竟因何緣由離開了那座陰暗的閣樓，那霧濛濛的、窺看的窗洞？的確，事情總該有個結束，小說不可能無止無盡，「我」的窺看亦必然導向一最後之終局；然而扣下那「最後的離棄」之扳機的，究竟是誰？

我心裡想：這不是真的吧？男孩專注盯著那枚染得嫣紅豔藍的羽毛毽。所以他的兩手像企鵝行走時退化羽翼擺放的位置。他的頸子甚至隨著右腳抬起踢接毽子的韻律一伸一縮。因為他是那樣光著身子，所以隔著一段距離看他孤自一人在那兒一抬腳、一縮頸的，好像市場雞籠裡被扒光羽毛待宰的雞那樣，無緣由地躁怒地繞圈子行走。且因為他為了和那枚他追逐踢上踢下的毽子之間保持著一種重心的恆定，他整個人在那個房間裡，其實像是慢速舞蹈般地旋轉著。所以從我那個位置看過去，在那白日天光未退而集中景象難以聚焦的框格裡，一會兒你看到一只青白青白的光屁股蛋；一會兒你又看到在他抬腿接毽子的空隙裡，他那團尚完全沒長毛的男孩小卵囊，像塊贅肉那樣一左一右搖晃飛揚。

是的，這就是色情劇場版的「直子的心」。〈發光的房間〉至此嘎然而止。漫漫長日，在所有痛苦的臆想之後，不知為何，在那天，不知為何，透過閣樓窗洞，如同狙擊鏡之照看，敘事者「我」竟突然清晰無比地看見了那樣的畫面——小男孩，那個弟弟，在發光的房間裡踢著毽子。那最後的「景觀」終究如此可笑、荒謬、無因由且荒蕪無比，令人無言以對。駱在此組織的意象極其精準——男孩的重複旋轉象徵的是生命的徒勞與毫無意義，而所謂「贅肉」的形容（一塊無用的、多餘的身體之延伸）同樣指向某種虛無與廢棄。整個畫面的晦暗光度（白日天光未退，景象難以聚焦）則隱喻了生命實相之艱難、之模糊、之不可解且不忍卒睹。由於意象的精準（駱以軍在此向其他小說創作者示範了如何選取意象，並微調其氣味、光度，以正確展示主題），此一「真相」（生命的虛無，生命的困惑：「我完全無法理解那像一大箱倒翻的傀儡木偶箱後面的動機是什麼」）遂如曠野暴雪般瞬時洶湧襲至。舉世孤寒，而我們無處容身。

最後，讓我們來檢視一下「小說前」與「小說後」有何差別。在閱讀小說之前，我們對所謂「生命之實相」或已有成見，或茫然無知。在閱讀小說（無論是〈降生十二星座〉或〈發光的房間〉）之後，在體會了「理解的徒勞與艱難」之後，我們面臨的是一座冰冷而虛幻的廣漠地景。我們是否終究「理解」或「觸知」了生命的真相？

或許有。或許沒有。但沒有又何妨？那畢竟是如此艱難的事——「道路十六」中暱稱「直子的心」的空格如此，〈發光的房間〉中最終的清冷荒蕪亦復如是。殊途同歸：生命原本難以索解，煩請參照瑞蒙·卡佛〈大教堂〉——沒有什麼比「描述面對生命本身之困惑」更能呈現生命本身的方法了。我們知道這點，我們體會了。這也就夠了。

駱以軍

(1967—)

初版於二〇〇八年且終究奪下「紅樓夢獎」的《西夏旅館》手法繁複，全書長達四十七萬字；而駱以軍前此的長篇小說也多具一定篇幅。對駱而言，生命的本體論或許正是廢墟，或即使此刻非為廢墟，亦終將（在時光的長河中）化為廢墟。有趣的是，駱以軍本人的作家生活顯然沒那麼「廢」——他寫了十年的壹週刊專欄，和妻兒住在師大附近，養了幾隻狗（端端、牡丹、雷寶呆），儘量規律寫作——這些其實頗具中產知識份子氣味的生活細節，對他臉書上的數萬名廣大粉絲而言想必都相當熟悉。一個多管閒事的疑問：當阿白和阿甯長大到了足以閱讀父親作品之時（快了），他們將如何看待那作品中的荒謬與荒蕪？我以為作家或亦曾展現了（或許較貼近他本人或其真實生活的）另一面：於二〇〇三出版的長篇小說《遠方》末篇敘及，敘事者「我」帶兒子往動物園遊玩，不意在山丘後發現一隻死亡的長頸鹿。奇異的是，這是隻年輕的白色長頸鹿，所有長頸鹿身上應有的毛色斑塊全然不見蹤影——就是隻純白色的長頸鹿；而且是死的。在長頸鹿的死屍面前，「我」突然想起小時家中粉刷白牆的經驗：牆面完工後，工人們剩下半桶白漆，不知為何便順手將家中櫥櫃鋼琴一概刷成了白色——「那樣像白漆刷過，有著一層糊乾厚度的，將一切不夠潔白的白色，任何污垢瑕疵都掩蓋過去的，那樣地潔白。」

是啊，孩子，或者愛人。終有一天你必將長大老去。時光的煙蒂終將在你心上燙出一個又一個傷疤。生命就是個廢墟。我該如何向你解釋這個充滿了殘暴、傷害與無可挽回的遺憾的世界？我所能做的，或許也只是用一層厚厚的白漆將那些污垢、瑕疵、死亡與傷害全數遮蔽掩去。只能這樣而已。一九九三年，時年二十六歲的駱以軍出版了《我們自夜闇的酒館離開》，隔年又寫了本了童書《和小星說童話》。卷末有詩一首，如此溫柔，如此令人心碎：

彷彿在極地裡看見光。

小星，而妳列位在星河諸座之間，只有我認得妳。

不符合傳說，極光沒有以虹的七彩擺弄它的裙幅。

極光，自妳的故鄉，像銀粉般自夜空頂的破洞洩下。

我沐浴在極光裡，如一個裸體的少年。

小星，妳的光。

只有我認得。

在下沉的最後一瞬，有銀色的小魚以牠們的銀唇輕咬著我的臉頰、鼻尖、手指、胸膛，還有肚臍。

在下沉的最後一瞬，我看見極光，我的髮在水底炸立，但面容卻幸福而愉悦。

我看見妳，衣裾隨水潮款款搖擺，在最黑的海底，踩著海葵和珊瑚朝我走來。

為何人們皆上揚唯我足繫巨石沉下，
我看見妳向我走來。
這一世。
星光，在我們的頭頂，海洋的上方，海豚仰望的另一個世界。

最狠的問題，最狠的答案

——米榭・韋勒貝克

知名英國哲學家泰瑞．伊格頓（Terry Eagleton）於其著作《生命的意義是爵士樂團》（台版書名，原文名為The Meaning of Life——生命的意義；換言之，這世界居然有人敢寫一本書意圖與讀者討論「生命的意義」，簡直斗膽包天；而更令人髮指的是，還好看得不得了）此書中極其敏銳地指出：何謂生命？何謂意義？這必然值得長篇大論，或許也令人如墜五里霧中，但並非無捷徑可循——借鑑歷史經驗，人類對「生命意義」之討論總透過某些生命意義的象徵層面來進行——此類象徵包括**宗教**、**性與文化**。

這當然是個「歸納法」的論述——意思是，伊格頓在這裡並不把「生命的意義」與「宗教」、「性」、「文化」之間的明確邏輯關係作為論述重點，而僅是指出，宗教、性、與文化顯然與「生命的意義」有高度連結，至少在多數人類的直覺上如此；也因此在歷史上必然如此——一歷史觀點之歸納。捷徑就是這三項。有趣的是，這幾乎完全解釋了法國小說家米榭．韋勒貝克之所以引起巨大迴響的原因。截至目前為止，韋勒貝克之正體中文譯本有四，依台灣出版時間先後順序為《一座島嶼的可能性》、《無愛繁殖》、《情色度假村》及其新作《誰殺了韋勒貝克》（法文原名「地圖與領土」）。筆者幾乎在此即可粗略歸納：《島嶼》、《無愛》、《度假村》說的是「性」（及與其高度相關之「愛」與「快樂」，其中《島嶼》尚且夾帶較多宗教成份），而《誰殺了韋勒貝克》則討論文化——主要是資本主義工作文化（細解：「文化」和「資本主義文化」在現代社會中尤其高度重合，在古代則或許不然）。易言之，韋勒貝克當然就是最狠的那種作家，然而其兇狠並不僅在於其筆鋒尖酸、直白或甘冒政治不正確之大不韙（「我們嫉妒、崇拜黑鬼，因為我們希望自己和他們一樣重新變回動物，變回長著巨大陽具的動物，頂著一個小小的靈長類的頭腦，就像是陽具的附屬品」、「只有猶太人不會後悔自己沒生成黑鬼，因為長久以來他們選擇了智慧、罪惡感、恥辱的道路。猶太人由罪惡感和恥辱滋生出來的成果，在西方文化中沒有任何能與其抗衡或相較，這就是黑鬼最痛恨猶太人的原因」——這是《無愛繁殖》男主角之一布呂諾筆下的文字；我們必然可以預期，類似情節將會引起多大爭議以及多尖酸刻薄的恐懼，甚或樂趣）；平心而論，那比起這幾本書的龐巨主題——「人之所以為人之殘忍、粗鄙、脆弱、不堪、無足輕重」來說，韋勒貝克的政治不正確簡直是小巫見大巫了。

人算什麼？人類算什麼？生命的意義究竟為何？這才是韋勒貝克真正最狠的地方。在《島嶼》與《無愛》中，韋勒貝克毫不遲疑直接終結了人類此一物種。原因非常明顯：人類過於脆弱（因而如此值得憐憫），人類也過於殘忍粗暴（因而不值得任何同情）。於其書中，我們因此可以同時感受到巨大的悲憫與厭惡。《無愛繁殖》裡，一生為性慾、色慾與愛欲所苦的平凡高中教師布呂諾最終找到了個性契合的溫柔伴侶克莉斯蒂安娜，而後克莉斯蒂安娜死了。布呂諾的哥哥物理學家米榭則與童年時期的青梅竹馬安娜蓓兒重逢；或有希望拯救米榭於無愛之中——但安娜蓓兒也死了。人所能做的是什麼？答案是，沒有，什麼都不能。愛終將自然風化壞毀，或者被人們人為地、粗暴地壞毀。兩條必然之路。最後的結論是，這在人種學上無可迴避，這在進化論上勢屬必然，唯一的解決方案是，放棄這些無可救藥的「舊人類」，果決地、無情地創造出新的物種：

一旦切斷和人性種種的牽連，我們才能算活著。依人類的標準，我們很幸福快樂；沒錯，我們能夠超越他們所超越不了的權利、自私、殘酷、憤怒，我們的生命和他們不同。科學和藝術還是依舊存在於我們的社會中，但是對真善美的追求——不像他們社會中被個人的虛榮刺激——顯得不那麼緊急迫切。對舊人類來說，我們生活的世界好像天堂。有時候我們自己也——不乏幽默程度地——把自己定義為他們長久追求夢想的「神」。

以上文字見諸於《無愛繁殖》。最狠的作家討論最狠的問題。世間問題，何者最狠？或者讓我們換個方式問：人世間還有什麼問題比「生命的意義」更基進、更狠？個人以為，確實沒有。泰瑞．伊格頓的論述因之而顯得犀利無比：我們可能因之聯想而來的任何相關事物——包括伊格頓直接提及的「性」、「宗教」、「文化」，以及我自己所聯想的「命運」或「生活」——確實全部環繞著「生命的意義」此事而開展。我們在此看見了韋勒貝克的極端處；他所寫的，真的就是最極端的議題。或許也正因如此，那是每個人都必須面對的問題。注意：那並非在某個特定歷史時刻，某地區中的某群體所面對的問題；那就是所有歷史時刻中所有人類群體所必須共同面對的問題。

也正是在這樣的基礎上，我們能夠更清晰看見「似乎稍稍與過去的韋勒貝克有那麼些不同」的新作《誰殺了韋勒貝克》所呈現的深沉圖景。真有什麼不同嗎？個人認為，其實沒有。《誰殺了韋勒貝克》討論的是「工作」或「創作」——因此，討論的就是資本主義，就是於人類現今社會具有無上主導性的文化現象之一——依舊是個壓倒性的議題。工作是什麼？人何以必須辛勤工作？又為何，總有少數人無須辛勤工作？自人類被逐出伊甸園以來，此一問題便揮之不去。而《誰殺了韋勒貝克》創造了傑德．

馬丹。法國藝術家傑德・馬丹的創作生涯可略分三期，第一期為「米其林地圖時期」，第二期為「市井小民群像系列」以及「企業組織系列」，第三則是晚期作品。於「米其林地圖時期」中，傑德・馬丹以各種手法、各種鏡頭拍攝米其林地圖之照片，而藝評家們則稱許他「大膽地採取了神參與的角度」、「神在人的身旁協助世界的（重新）建立」——這是真的，因為這明白指出了資本主義（或其相關文化）的人造性質。西方宗教的解釋是，在離開伊甸園之後，人必須辛苦流汗工作方才得以溫飽。此種說法與資本主義直接相關（想想馬克斯・韋伯關於清教徒精神的經典論述），而人類必須明白的是，於歷史長河中，類同於其他人類文明所造之物，資本主義同樣具有種種五光十色的變貌。那多麼像是多次重繪一幅世界地圖——大航海時期的地圖必然與二十一世紀的Google Earth截然不同。這隱喻的是**人類文明對自然或世界的解釋**，甚或**侵入——一種認識論的侵入**。「地圖」正是一種人為解釋，或侵入。這是《誰殺了韋勒貝克》法文原名「地圖與領土」之因由所在。然而認識論的變動從來便事關重大：在

《無愛繁殖》與《一座島嶼的可能性》中，那是宗教與科學技術的結合（於《無愛》中，是科學家傑仁斯基的人類複製理論與社運者于瑞亞克的隔空攜手；於《島嶼》中，是「伊羅欣教」教主文森與科學家「萬能博士」的密切合作）；而在《誰殺了韋勒貝克》中，藉由「米其林地圖時期」的攝影作品，藝術家傑德．馬丹則尖銳地呈現了人類文明的偶然性與摧枯拉朽的必然性。何謂偶然性？偶然性即**認識論之偶然性**——由人所造，隨時可能因歷史因素之變異而產生不同結果，如同那一張張彼此大異其趣的地圖；而必然性則是，必然毫無挽回餘地地影響每個人的生活，摧毀不相容於其自身的其他信念。

地圖的隱喻。而類似探索則於「企業組織系列」中達到高峰——小說中的韋勒貝克給傑德．馬丹畫作《比爾．蓋茲和賈伯斯討論電腦資訊的未來：網路資訊大本營的談話》的評論是「這個副標題太過謙虛」，因為畫面中的比爾蓋茲天真熱情地展示了自己對市場的忠誠信仰，而賈伯斯則不然。不，並非賈伯斯拒絕信仰資本主義，病體瘦削的賈伯斯同樣是市場邏輯的忠誠擁護者，然而在北加州燦爛的夕陽下（彷若這位蘋果公司執行長對這個快速被他改變了的世界——某種程度算是他的「作品」——無盡悲傷的永別），正向生命終點快速趨近的賈伯斯的眼中燃燒著深沉的火焰，「不只是預言者、先知的火焰，也是儒勒．凡爾納筆下描述的發明者的火焰」、「我們也感覺到，他可以突然福至心靈研創出一個新產品，強制整個市場依循新的規範，主導新的走向」。反觀比爾．蓋茲，韋勒貝克辯證如下：

在《擁抱未來》這本自傳裡，某些片段顯示出比爾．蓋茲極端偽善——尤其是當他坦率承認，對一個企業來說，推出最創新的產品不見得是有利的。通常最好是靜觀競爭對手（雖未明說，但人盡皆知指的是蘋果公司）的動向，任其推出新品，遇到所有新產品可能遇到的困難，也就是當替死鬼的意思；在第二時間，再把和競爭對手差不多的產品低價傾銷到市場上。韋勒貝克在文中強調，這種偽善其實不是比爾．蓋茲真實的內在，他真實的內在可從其他一些令人驚訝、甚至讓人感動的片段中窺見：他一再重申對資本主義、對那雙「看不見的手」的忠誠信心；不論市場上有多少起伏高低、多少可舉出的反證例子，他的信念始終不移，總歸一句，對市場有利的就是對整體有利。

也因此，小說中韋勒貝克的結論是，「兩個堅信市場經濟的擁護者，也同時是民主黨的絕對支持者，卻代表了資本主義完全相反的兩個面向，就像巴爾札克小說裡的銀行家相對於儒勒・凡爾納小說裡的發明家」——準此，傑德・馬丹本幅畫作的副標題確可更易為「資本主義簡史」，因為這幅畫確實概括呈現了資本主義的兩個相異面向。

是否如此？資本主義的兩個面向是什麼？韋勒貝克的解釋其實不盡清明——這畢竟是個經濟學問題；然而有趣的是，回顧經濟學歷史，現今資本主義也早已不僅是早期對那隻「看不見的手」的忠誠信仰，因為還憑空多出了好多隻手。這其中以凱因斯之手為最大宗——當然，亦即是葛林斯潘之手，柏南克之手，以及作為現在進行式的黑田東彥之手，安倍晉三之手，葉倫之手。如果工作的尊嚴能夠以金錢來衡量（當然，事實上不能，但此處姑且不論），那麼多出來的那些手所帶來的問題是：貨幣的價值事實上並不穩定。在貨幣價值極可能劇烈變動的今日（而且未來的變動亦極可能變本加厲），人除了工作的尊嚴之外，幾乎被迫必須認識並處理貨幣本身之問題——亦即是資本主義的問題，亦即是「許許多多看不見的手們」如何上下其手的問題。也因此，工作的尊嚴亦將隨之變動。在黑田東彥與「安倍經濟學」之前，誰能預料日圓會在短時間之內大幅貶值至此？遑論種種名目繁多（金融海嘯、貨幣寬鬆、抒困、撙節、去槓桿化、系統性風險）之貨幣活動了。何謂「貨幣」？人類所有生產活動——包含勞務與貨品——之基本計算單位。連基本計算單位尚且難以信賴，遑論其他。個人認為，這是作者意圖點出的**資本主義的月球暗面**。換言之，韋勒貝克不負盛名，慣技重施，又戳中了當今現下社會的痛點——你以為你好好工作就沒事了嗎？

回到韋勒貝克的論斷：資本主義的「兩個面向」——此處觸及資本主義（現階段人類的主導性文化，亦即是人類身陷其中，幾乎唯一能向文明索求意義之媒介，**當下世界中主導性的認識論**——儘管此一索求看來如此天真而絕望）關於「創新」與「因循」的雙面性格。弔詭的是，至少就現下而言，兩者皆是資本主義的重要成份。這是韋勒貝克對資本主義的分析；幾乎就直接暗示了比爾．蓋茲的「銀行家性格」。此處推論是否太快？以「避開新產品風險，在第二時間製造品質不差而又便宜的產品以低價進行市場競爭」為策略的微軟公司是否可被等同於販賣金融商品的銀行家？或者，類似微軟公司這樣的作法是否亦可被歸入為某種「資本利得」之範疇？以我個人之見，這或許過度推論——並非全無根據，然而其中邏輯環節之缺損亦亟待補正。此亦可能正是《誰殺了韋勒貝克》的敗筆之一。

然而瑕不掩瑜，小說情節依舊僅扣「工作之形上學」繼續發展——傑德．馬丹一夕爆紅，但韋勒貝克卻於家中死於非命；重點是，被以極殘忍的方式分屍殺害。警方一度懷疑兇手在現場散置、排列肉塊與潑濺血跡的方式有模仿畫家波拉克（Jackson Pollock）之嫌（此處韋勒貝克毫不意外地重複了他在《島嶼》與《無愛》中厭煩無比地批評過的，人類永不饜足的粗暴、無情與同理心之匱乏），最後卻失望地發現，這變態兇手也不過就是為了錢，為了偷走傑德．馬丹送給韋勒貝克的畫作。對照馬丹「企業組織系列」中唯一的失敗作品《達明安．赫斯特與傑夫．昆斯瓜分藝術市場》——這幅畫終究失敗了，因為，藝術家偏偏就是這時代眾多職業中之特例；理論上，於「生產」此一面向上，藝術家某種程度自外於工業生產，也自外於晚近資本主義；他們的生產方式更為原始，更接近手工業。也因此，「藝術市場」這件事（傑德．馬丹每幅價值千萬歐元以上的畫作）幾乎可說是**無道理之終極**——在藝術市場的炒作規則裡，甚至不盡然遵循經濟學上基本的供需原理。億萬歐元財富，近乎無中生有之物。這不意外，因為在投資市場上，藝術品早已不再是藝術品，它在市場上的價格波動弔詭地接近證券或金融商品（或原物料——我們暫且以前者為代稱而不說後者，畢竟說藝術品是原物料未免令眾人過度難堪）。傑德・馬丹的挫敗與成功同時指向了資本主義之虛無——同時也呈現了人類現代文明之虛無。

老傑德・馬丹最後三十年的創作生涯終結於西元二〇二〇年代——他拍攝錄像，內容是工業製品、玩具兵模型在大自然中逐漸風化壞毀之過程。經過技巧性的後製剪接，錄像中的「壞毀」以一種令人感到不舒服的「間歇性抽搐」方式呈現。作者韋勒貝克述說法國的經濟現狀：「成為以農業和旅遊業為主的國家之後，在過去二十年來幾乎從未間斷的一波波經濟危機中，表現出亮眼的實力。這些經濟危機一波比一波激烈，無法預測而且荒唐——說荒唐是以一個玩笑開太大的上帝的眼光，隨心所欲地挑動經濟震盪，讓一整個像印尼、俄國、巴西這種幅員的國家，也就是代表以億來計算的人民，一會兒生產過度，一會兒鬧飢荒」——且容我作個過度詮釋：此處，本身以原始手工業方式製造金融商品（藝術品）的傑德・馬丹簡直是在替傳統製造業說項（亦同時呼應且投射對「市井小民群像系列」的個人情感，因為那些市井小民們多數正是傳統產業從業者）。韋勒貝克的看法（對二〇二〇年代之預測）是否正確在此暫且按下不表，讀者們可以明顯觀察到的是，他形容這一波波金融危機是由「一個玩笑開太大的上帝」所挑動——對照傑德．馬丹最初的「米其林地圖系列」，資本主義此一**文明的人造物**之不穩定性在此變本加厲（就像那些工業製品間歇性的抽搐，「隳壞」本身之茫然不可測），或許，終將被腐蝕粉碎，消失在茂盛且無堅不催的大自然中。

所以呢？在自然史的尺度裡，即便是無堅不催的資本主義亦有死期。末日終將臨至，人類因隨機而創造之文明亦終將面臨巨大崩毀。怎麼辦？這不是韋勒貝克該重複回答的問題，在《一座島嶼的可能性》和《無愛繁殖》中，他早就回答過了——人類如此可悲卻又不值得憐憫（爛人一堆，無須浪擲同情心），人類文明必然亦復如是；死光了就死光了，換一個物種吧。

米榭・韋勒貝克

MICHEL HOUELLEBECQ（1958—）

有點嚴肅的事和其他有趣的事。有點嚴肅的事：由於代表作《無愛繁殖》和《一座島嶼的可能性》牽涉大量科學細節，韋勒貝克想必做了不少功課；而儘管今日資訊流通方便，這必然還是給作者與譯者增加不少負擔。然而作為一個單純讀者，「揪錯」倒也堪稱小小樂趣。先舉一例，《無愛》主角傑仁斯基是個法國生物學者，而他的上司迪斯布列尚（另一位生物學家）的想法是「生物學家們的想法作法，都好像把分子當作是各自分離的物體，只靠著引力或電磁衝擊才會相連；他相信他們當中沒有一個聽過『EPR矛盾』，也沒聽過『阿斯貝特的研究』，甚至沒有人願意費心知道從世紀初以來在物理學上的發展進步」——這點令人高度懷疑，因為類似「EPR矛盾」這樣明星級的量子力學內容此刻早已成了《科學人》雜誌上的大眾科普話題（畢竟它有趣的程度與「薛丁格的貓」不分上下），我不太相信生物學家們會不關心這件事，當然也更難以相信會有生物學家會認為多數同行都連聽都沒聽過。此言一出，想必法國的生物學家們都想向韋勒貝克抗議吧（笑）——對了，「阿斯貝特的研究」似為作者虛構。

其他有趣的事：米榭．韋勒貝克「失蹤」過一次——二〇一一年秋天，原本預定出席荷蘭與比利時簽書會的韋勒貝克未曾現身，包括編輯、經紀人與譯者全都聯絡不到他，寫email也毫無回應，是以引起軒然大波。原因之一是，由於作品中對伊斯蘭教的嚴厲批評，加之以個人行事作風原本爭議極大，韋勒貝克的人身安全向來引發高度關注。然而兩天後來了個反高潮，韋勒貝克突然現身，告訴大家他完全沒事，他只是待在家中，把簽書會給忘了而已。這是作者本人的驚悚故事（還好虛驚一場——小說家如此傑出，祝福他長命百歲，給我們更多好作品，呃）。另外當然也有些趣味小花邊：韋勒貝克著作暢銷，因之，《誰殺了韋勒貝克》中虛構藝術家傑德．馬丹的虛構作品「米其林地圖系列」及其虛構畫作《比爾．蓋茲和賈伯斯討論電腦資訊的未來：網路資訊大本營的談話》在網路上均可找到熱情讀者們的擬作。有興趣的人不妨參閱。

完全不痛

——理查・葉慈《十一種孤獨》

江湖盛傳，百分之七十的日劇牽涉到聖誕節——這絲毫不令人意外（如果不是百分之八十或九十的話），因為對於有伴的人而言，聖誕節是種負擔；而對於沒伴的人而言，聖誕節是個災難（天啊我還真悲觀）。江湖也盛傳，理查．葉慈的短篇集《十一種孤獨》厲害到了和瑞蒙．卡佛差不多的地步，個人親身確認之後，發現確實如此。就以〈完全不痛〉這則與聖誕節直接相關的短篇為例：人妻麥拉到肺結核療養院探望已住進許久的先生哈利。那是聖誕節前夕，不見大雪紛飛，應有的溫馨聖誕樹燈光和人群也不見蹤影，事實上，「長島的街道看起來停滯；髒兮兮的雪塊被鏟到人行道上，紙板做成的聖誕老人從打烊的賣酒鋪向外斜瞅」——連聖誕老人的表情都不怎麼慈眉善目，甚且還是紙板做的（假人的隱喻：無聊的生命，虛假的生活）；這當然是因為一行人的心情也不見得美麗。一行人？對，這探病的路上是有戲的，由於麥拉等於是長期守活寡（四年來，她每週日都搭乘長途客運車來療養院探望先生），她交了個男友傑克。這對不倫戀搭上了由馬提和愛琳這對夫婦所駕駛的便車，為的是在一下午的玩樂之後幫助麥拉履行探望先生的義務。麥拉另有男友這件事早已取得眾人諒解，畢竟丈夫長期不在身邊也不是辦法。車至療養院，三人先行離去，麥拉獨自上樓探望先生哈利（廢話，難不成把情夫也帶上嗎）。不幸的是，兩人能說的話也不多了，連討論病情都顯得艱難，因為慢性病約略就是「『他們有跟你說什麼新的消息嗎？』『新的消息？』『我是說另一邊有沒有需要動手術。』『哦，沒有，親愛的。我跟你說過了，目前還不會知道——我以為我解釋過了。』他的嘴在笑，但皺著眉頭，表示這是個蠢問題」這樣的意思。這就是慢性病，到最後你連處方箋都會想影印重複使用。接下來的對話是這樣的：

「重點就是，我得先從上次的手術復原。這個病就是得一樣一樣來；術後必須要很長一段時間問題才算排除，特別是我過去幾年——多久了——四年來發病的紀錄？他們得等一陣子，大概六個月或更久，看看這邊的情況發展如何。然後再決定另一邊要怎麼辦。或許再動更多手術，或許不必。這個病什麼都說不準，親愛的，你也知道。」

「對，沒錯，哈利，抱歉。我不是故意問笨問題。我只想問你覺得如何。還會痛嗎？」

「完全不會了，」哈利說。「只要我不把手舉太高。舉高的話會痛，或是睡覺翻身翻到那邊也會痛，但只要我——你知道的——維持在一個正常的姿勢，就完全不會痛。」

「完全不痛」：小說的標題。慢性病。是啊完全不痛，在某些前提下——只要不把手舉太高，只要睡覺翻身小心些，只要讓盡力將自己維持在一個僵硬的正確姿勢不亂動，什麼事都不要做——那就像生活，生活本身就是一場慢性病，不請自來且無始無終，你習慣了就好，不要亂動，不要想有什麼改變，戒除其他任何奢望，遠離所有顛倒夢想，你自然就不會很痛，甚且，「完全不痛」。聖誕節的探病時間在一個準備演唱節慶歌曲的慈善合唱團抵達時剛好結束（就像麥拉與哈利這對無可避免地漸行漸遠的夫妻對彼此恰到好處的溫情，不至於多到令人覺得虛假，不至於少到令人覺得失禮，就只是這樣因為你也終究不能怎樣）；但這餘興節目也並非毫無波折；合唱團團員們被護理人員干涉了一會兒，經由協調之後終於開唱。然而麥拉等不到那時候了——先走為上，何必徒增傷感？此刻麥拉已然早一步離開醫院大門，回到刺骨的寒風中，暗夜空氣冰涼，她遠遠聽見醫院病房中傳來聖誕歌曲的迢遙樂音，迎面開來了朋友的車，同樣的班底：馬提與愛琳夫婦，加上男友傑克。麥拉哭了一會兒，而後上車，消失在黑沉沉的夜色裡。完全不痛。

再舉同樣不很痛的另一篇為例：〈愛找苦頭吃的人〉。許多年後，因為一個偶然的機緣，華特・韓德森再次想起那個他九歲時為之瘋魔著迷的遊戲——中槍倒下。事實上孩子們頗樂此不疲了一段時間：男孩們沿著山坡陵線奔跑，「槍手」站於遠方，拳起指掌作槍管狀，舉槍瞄準，口作「砰砰砰砰」聲響。這時奔跑的男孩們一一中槍倒下。先是突然中止步伐，手摀胸口，面目猙獰痛苦，而後身體一歪，或跪或坐，最終沿著土坡草皮滾落。華特是其中佼佼者，眾人公認，單論此事，其動作之逼真，姿勢之優雅，節奏之精準，無人能出其右。不幸的是，男孩們很快迷上了別種遊戲，從此將之棄之不顧。更不幸的是許多年後，華特．韓德森想起這件事的的契機令人不太愉快——他被解雇了。但無妨，如此回想，當初的「優雅倒下第一名」簡直就是他一生的隱喻。他考試失敗，以空軍軍校畢業生的身份被空軍刷掉，換了幾種不太稱頭也不太擅長的職業；但每當大難臨頭，你不得不承認韓德森先生終究是個不折不扣的紳士，那個擅於作倒下死亡狀的小男孩依舊存在他心裡——他面對每一次失敗的反應始終優雅無比，從未失控。沒有人比他死得更漂亮。就像現在，他被解雇了，他當然沒有哭也沒有破口大罵，直挺挺地、冷靜地走回辦公室打包私人物品，一一得體地與同事道別，而後走到街上，做了個決定——瞞住太太，找到工作，然後再告訴太太，優雅地輕描淡寫一番。

然後他回家了。計畫進行得還算順利。理查．葉慈如此描寫華特觀察他的太太：

他在冰過的杯子倒滿酒之後，她舉起杯子說：「噢，太美了，乾杯。」她這歡樂的雞尾酒心情是仔細下過苦工的效果，他知道的。一如晚餐時間她對待孩子的嚴母態度；一如稍早之前她在超市直截了當的效率；以及晚一點臣服在他懷裡的溫柔。各種盤算過的心情依照秩序輪替，就是她的生活，或者說，已經成為她生活的模樣，她控制得很好。只有在極少情況，當他非常仔細看著她的臉，才看得出她因而被消耗了多少。

極端溫柔，極端殘忍；而華特·韓德森凝視自己太太的臉的方法和作者理查·葉慈凝視生活的方式並無二致（我不由自主地為理查·葉慈的妻子打了個冷顫）——因為生活就是那個樣子，因為紳士韓德森知道，自己正被用一模一樣的方法在消耗；而且眾人皆如此，唯一的差別只在於，有人優雅，有人不。

所以由十一篇短篇小說所組成的《十一種孤獨》說的真是「孤獨」這

回事嗎？當然是的，即使有些篇章顯然「表面上」看起來不見得那麼孤獨。例如最末篇〈建築工人〉（原文題名為「Builders」，參照內容，或譯「建造者」更為妥切）：這述說的是一位代筆作家的故事。小作家巴布遇上了堪稱奇人的資深計程車司機伯尼——伯尼執業多年，自認閱人甚眾，找上巴布，為的是想出本《77個後座故事：計程車司機伯尼的人生啟示》（抱歉，書名是我亂掰的，你也知道現在這種書台灣很多）。伯尼不擅謀篇為文可以理解，但在看了巴布的試寫篇章之後改弦易轍，妄想把所有想像與虛構的任務都交給巴布——這也未免太過份了。但代筆作家巴布倒是看得開，一來他需要錢，二來，他很清楚，即使自己就是海明威，也總得從某個地方開始。所有的大腕兒最初都得先是個小咖——這不難理解。總之，伯尼會如此有信心也並非完全沒道理，他認識幾位名人：電影明星、意見領袖、知識份子兼而有之；只要書寫得有趣，出版或許不成問題。當然，在真正開始工作之前，傳主與代筆作家之間的共識相當重要。計程車司機伯尼如此向巴布解釋：

「很好。現在我們試另一個角度。之前我提到『蓋房子』；嗯，你聽我說。你看得出來寫小說也像是在蓋東西？蓋房子？」他對自己創造的這個概念很滿意，甚至等不及我向他點頭致意。「我是說呢，房子一定要有屋頂，但你要是先蓋屋頂，麻煩就大了對吧？蓋屋頂之前，你得先蓋牆壁。在蓋牆壁之前要先鋪地基——一個步驟都不能省。鋪地基之前要用推土機去夷平，然後在地上挖出一個適當的洞。我說的對不對？」

我完完全全同意，但他還是沒看見我全神貫注的巴結眼神。他用一個粗大的指節磨蹭鼻子邊緣；然後又得意地轉過來看我。

「好吧，假設你給自己蓋了一棟屋子。然後呢？蓋完之後，你問自己的第一個問題是什麼？」

但我看得出他才不管我答不答得出來。他知道問題是什麼，也等不即要告訴我答案。

「窗戶在哪裡？」他攤開手質問。「問題就是這個。光要怎麼進來？

你懂我說光要怎麼進來的意思，巴布？我的意思是——故事的宗旨；真相；和——」

「啟示，或這麼說。」我說，他大喜過望地用力彈彈手指，不再去想第三個詞。

「就是這樣，就是這樣，巴布。你懂了。」

巴布，你辛苦了（拍拍）。對於一位才氣堪比海明威的小作家而言，得和一位頭腦簡單卻自以為充滿智慧的傳主來上這麼一段對話，還真委屈你了——儘管伯尼說的（就通俗作品而言）是一點兒也沒錯。然而這種友善而毫無實質內容的合作關係在幾個月之後終告結束。這也不太令人意外，因為伯尼不很上道，酬勞偏低之外，連帶他的好友（電影明星、意見領袖、知識份子）也全都沒派上用場——那也就算了，電影明星死在一個年輕女人的床上，意見領袖身敗名裂，知識份子人間蒸發不見蹤影；我們這位才氣堪比海明威的小作家巴布則失去了婚姻。至於伯尼，沒人知道他

的下落。或許他依舊氣定神閒而充滿智慧地開著他的計程車?但願他還沒對這件事失去興趣。小說是這麼結束的:

故事接下來是瓊和我了,我得給個有煙囪的屋頂。我不得不說,幾年前她和我在建設的東西也垮了。我們仍然友好——沒上法庭爭贍養費或監護權之類的——但這是結果。

那窗戶呢?光從哪裡進來?

伯尼老友,原諒我,但對這個問題我沒有答案。我甚至不確定這間屋子是否有窗戶。也許光線只能從我差勁的手藝所留下的裂縫盡可能照進來。如果是這樣,我向你保證,最過意不去的人是我。天曉得,伯尼;天曉得,這裡應該要有一扇窗的,我們大家都需要。

此篇完全可與瑞蒙.卡佛名作〈大教堂〉參照對讀。同樣作為生命本身的隱喻,卡佛筆下的媒介是「向一位盲人羅伯特描述何謂『大教堂』」——那些建造大教堂的人們，真能掌握大教堂的全貌嗎？他們建造了無以計數的飛簷、扶壁、拱廊、浮雕，但他們終其一生未能活到大教堂完工的那一天。口頭表述必然捉襟見肘，於是主角「我」讓盲人羅伯特手疊著手，二人就這麼在紙上畫了起來。而葉慈選擇的媒介則是「蓋房子」——沒錯，寫小說就像蓋房子，但在現存的一切都依序崩毀之後，對於一位才氣堪比海明威的小作家而言，你還在期待生命真會給你什麼啟示嗎？（「君非海明威此一起碼認識之必要」？）換言之，生命真有任何意義可言嗎？天曉得，這就是第十一種孤獨，不是嗎？——「這裡應該有一扇窗的，我們大家都需要」。大家都沒有，大家都需要。如果可能，不管事實上有沒有，我們不妨假裝所有該開窗的地方都真的會有那麼一扇，無論你透過玻璃所能看到的風景是什麼（喜悅、哀傷、憂愁、驚駭、震懾、瑣碎無聊不堪聞問皆可）——反正開一扇就對了。江湖盛傳，對付生命本身，這是唯一的辦法，乖乖照做吧，至少在某些時候（當角度對了，天氣對了，濕度對了，時刻分秒不差），你或許會感覺不錯，甚至，

「完全不痛」。

理查・葉慈
RICHARD YATES（1926-1992）

著有《真愛旅程》、《幸福大道》、《十一種孤獨》等名作的理查・葉慈生於一九二六年，二戰退伍後在雷明頓・蘭德公司（Remington Rand Corporation）擔任公關部寫手，也曾短暫為勞勃・甘迺迪參議員撰寫講稿，供參議員使用。維基百科表示，雷明頓・蘭德公司是一家早期電腦製造商——那當然並非個人電腦時代，他們製造的是商用電腦，供美國人口調查局使用。不僅於此，二戰期間他們還製造M1911A1手槍，供美國陸軍使用。他們也製造辦公室設備，供眾多公司行號使用。後來他們又製造電動刮鬍刀，供所有注重個人形象的體面男仕（此「仕」記得帶人字邊，比較稱頭）使用。走筆至此我已覺得生命艱難無比，不知道葉慈先生任職於公關部門時究竟要寫些什麼樣的新聞稿或產品介紹，也很困惑我寫這本書到底是要供誰使用。這感覺如此孤獨。孤獨只有十一種嗎？當然不，在從前的紐約有八百萬種，在現在的台灣有兩千四百萬種，在此刻的地球上——有六十億種。

所有東西都黏在我們身上

——瑞蒙·卡佛

是生活的頹敗與殘忍構成了《當我們討論愛情》這本薄薄的小書——我承認這不是我真正想說的話，因為我真正想說的更極端而荒謬：是生活的頹敗與殘忍（而非脂肪、碳水化合物和蛋白質）構成了瑞蒙·卡佛這個人；因為他讓我感覺那些極其簡短、精準又冷酷的短篇傑作並非來自於「生活的切片」，而是來自於他自身。換言之，他片下來的其實不是故事，而是血肉模糊的他自己。何以如此？先舉書中〈為什麼你們不跳個舞〉為例——年輕小情侶（男孩與女孩）週日約會，巧遇一位正將將眾多家當搬到車道上進行搬家清倉大拍賣的中年男子。如此簡短的小說（有些令人意外地）並非單一敘事觀點，而暫以此一男人之視角起首：

他到廚房裡又倒了一杯酒，然後看著前院的主臥室。床墊上空無一物，條紋圖案的床單放在五斗櫃上的兩個枕頭旁。除此之外，這些擺設和原本在臥室裡的樣子差不多——他的這一邊有床頭櫃和檯燈，她那邊也有床頭櫃和檯燈。

他這邊，她那邊。

他一邊小口啜著威士忌一邊想著。

「前院的主臥室」——主臥室怎會在前院裡？因為所有的臥房家當都讓這男人給搬到了前院——相連著車道，那是他拍賣的主場地，「和原本在臥室裡的樣子差不多」；換言之，那是**原主臥室之複製**，一個走了調的，被強制挪移至不應存在之地的主臥室。如此臥室真的和原來的樣子差不多嗎？當然不，那可差多了，在前院裡，「他這邊，她那邊」顯然已不再是「他這邊，她那邊」了。此一字句之複述（中文翻譯僅得六字，英文原文為「His side, her side.」僅得四字）精準展示了一鏡頭之特寫，自虛空中召喚了兩個曾經於此暫時棲止而如今於焉不存的人形魂魄——「他」與「她」的魂魄、男人與女人的魂魄——很不幸地，換言之，愛情的魂魄。

愛情的鬼。

就一句話，共六個字。諸如此類字字見血的白描確實是卡佛的正字標記。他寫來一派輕鬆，然而讀來卻無比恐怖。失去了愛而仍懷抱著愛之魅影的男人將臥室「複製」至前院，將所有家當都搬到車道上，而後暫離。路過的年輕小情侶（他們正在裝潢一間自己的小公寓——換言之，正如同許久之前的「他」和「她」）看見了搬家大拍賣，興奮地跑來試躺那看來依舊舒適的床。這時男人回來了，帶著啤酒、威士忌和三明治——他們的交易過程比男孩與女孩所預想的容易得多，因為男人採取一種自暴自棄的方式與這對小情侶講價（「這床要多少錢？」「五十元。」「四十元你願不願意賣？」「我可以賣四十元。」「那電視呢？」「廿五元。」「十五元呢？」「可以，我可以賣十五元，」）。接著男人毫不意外地邀請男孩和女孩對酌，又理所當然地打開了電唱機，悠閒地聽起音樂。而後男人提議了（帶著些許醉意）：「為什麼你們不跳個舞？」

為什麼你們不跳個舞。在音樂聲中。Why Don't You Dance。本篇小說之標題。撿到了便宜的男孩女孩列了張清單給男人，而後，Why not？他們真的相擁跳了支舞。先是女孩和男孩，而後是女孩和男人。臉頰相貼的時刻（他們感受到彼此的體溫與氣息，於一短暫之瞬刻，彷彿依戀，那陰魂不散的愛情），男人輕聲給予祝福（「希望妳喜歡妳的床。」），女孩也體貼回應（「你一定是為了什麼事情很急，」她說）。

但事實上女孩並不那麼體貼。或者說，對卡佛而言，所有的「體貼」都不保鮮，都附帶著殘酷的保存期限，易於朽壞：

幾個星期後，她說：「這男人大約中年，他所有的家當都擺在院子裡。沒騙你們。我們真的醉了，還跳舞呢。在車道上，噢！老天！不要笑嘛。他放唱片給我們聽，你們看這台電唱機，那老傢伙把它送給我們，還有這些破舊的唱片。你們能想像這些爛東西嗎？」

她不停地說，告訴了每個人。不只如此，她還想辦法把這件事流傳出去，但是過了一陣子，她就放棄了。

小說結束。在此一萍水相逢的經歷中，所有曾短暫存在的善意或溫柔皆被摧毀（「你們能想像這些爛東西嗎？」），男人的哀傷自棄維持原貌，而女孩和男孩也終究只是撿了個便宜而已。他們所獲得的並不比那些便宜的二手貨更少或更多——它們就是些二手貨，陳舊，酸腐，如同他們多年以後的愛情（以及男人現在失敗的愛情）一般注定疲累困乏。So why don't you dance？Why not？那只是為期一個小時的小小奇遇，笑料，生活中意外的孔洞，某種談資；此刻賞味期限已過，甚至連當個談資的資格也沒有，因為那不夠聳動辛辣，也沒人想聽；所以「過了一陣子她就放棄了」。

一切終將被放棄，也必然被放棄。這是個標準的卡佛式收尾，小說篇幅也標準卡佛式地精簡無比，但卻恐怖殘忍近乎神經質。機靈的讀者或可從中搜索出近似血緣——那冷然世故頗類於張愛玲和艾莉絲．孟若（Alice Munro），而其近乎極限之簡省又頗類於海明威。省話一哥。這是愛情與生活的崩世代直達車，在文學裡當然早就存在，而且還更瘋狂些。所以在同一本書（《當我們討論愛情》時報舊版，寶瓶新版《新手》）裡，我們必然也可遇見年輕的男孩與女孩往後的遭遇——〈所有東西都黏在他身上〉如是，〈露台〉如是，〈告訴女人們我們要出門〉亦復如是——以上三篇均以年輕夫妻為主角，結局一個比一個悽慘，無一例外。此以〈所有東西都黏在他身上〉為例：相愛的十八歲男孩與十七歲女孩結為夫妻，很快有了小貝比；經濟狀況雖捉襟見肘但尚稱穩定。某日男孩舊友聯絡上男孩，邀他前往湖邊獵野雁——那幾乎是男孩唯一的興趣。臨出門時，小貝比身體有了狀況，男孩認為並無大礙而女孩卻認為不可輕忽，兩人大吵一架。女孩抱起嬰孩，要求男孩必須在妻兒與打獵之間做出抉擇（一關於「爭執」之寫實陳套，近乎肥皂劇）。身為丈夫的男孩最終只好妥協——他放棄打獵，轉回家中；而女孩也向他道歉，兩人相擁而泣（「我們不會再吵架了」）。和好如初之後，女孩下廚為男孩做了早餐，男孩卻一不小心弄翻了盤子，將培根、煎蛋等一鍋子食物黏到身上。

　　在真實生活中，此一細節必然不值一顧——弄翻了早餐不算什麼，人當然不可能因為打翻早餐而毀掉整個人生；而在小說中，也確實沒有——這顯然是個再平凡不過的故事了；有什麼故事會比「年輕夫妻因細故爭執而後和好」還更無聊的？然而卡佛硬是憑空讓它「偉大」了起來，因為這篇小說是這麼開頭的：

聖誕節時她來到米蘭，想知道她小時候是什麼樣子。

她說，告訴我，我小時候是什麼樣子。她小口啜著史崔加酒(Strega)，等待著，目不轉睛地看著他。

她是個時髦、苗條、很有吸引力的女孩，渾身散發著幹練的氣質。

那是很久以前了，他說，二十年前的事了。

她說，你可以想起來的，繼續說。

妳想知道什麼？他說，我還能告訴妳什麼？我可以告訴妳一些妳還是小嬰兒時候的事，跟妳有關的，他說，可是只有一點點關係。

小說並未解釋這「他」與「她」的關係——而後男人隨即說出了這個

簡單的故事（「我可以告訴妳一些妳還是小嬰兒時候的事」）——男孩與女孩為了打野雁而大吵一架又和好的故事。常理推斷，「他」很可能就是故事中愛打野雁的年輕父親，而「她」似乎就是女兒，故事中生病的小貝比。然而，是什麼樣的機緣讓女孩必須在聖誕節時來到米蘭向父親索求一個絕無特出之處的兒時故事？卡佛自始至終未曾交代。而〈所有東西都黏在他身上〉如此收尾：

就這樣，他說，故事說完了，我承認這不算是個故事。

我覺得很好聽，她說。

他聳了聳肩，把酒杯拿到窗戶旁。天色已經暗了，但是仍在下雪。

有些事情變了，他說，我不知道是怎麼改變的，但有時候你不會發覺，有時候也不希望它們改變。

對，這倒是真的，只是——她沒有說完她想說的話。

她停止這個話題。從窗戶的倒影中，他看到她正仔細看著她的指甲，然後她抬起頭，興高采烈地問他可不可以帶他參觀米蘭市。

他說，把靴子穿上，我們走吧。

但他待在窗邊，回憶著。他們曾經歡笑，依偎著彼此笑著，直到淚水湧出，而其他的一切種種——寒冷，和他冒著寒冷要去的地方——都在外面，在外面不遠。

卡佛給這個再無聊不過的生活插曲安上了一個驚人的框架——他暗示，往事倏忽已二十多年，當年的小貝比如今已然成年，與父親看來似乎並不熟稔；而父親則獨居於米蘭。許多看不清的故事（想必皆以分離與敗壞為主題）懸浮在這敘事的空白之間，然而如此真切，帶著粗礪而明確的觸感。像一座湖，湖水清淺前緣的沙岸，你看見群聚的細沙困處於此（它們的形象是憂傷的、雖則多彩但仍帶著某種光度不足的灰暗），僅僅露出模糊的，不明確的稜角；隨後便無聲消逝於吋吋加深的水中。「她停止這個話題」——故事轉身離去，於時間與對話的縫隙間缺席。窗外大雪紛飛，無數的變動與死亡猶且在冰冷中流動醞釀——他們「曾經歡笑，依偎著彼此笑著，直到淚水湧出」；而即便如此，我們所擁有者，或人生所可能擁有者，依舊僅僅只是寒冷，以及，薛西佛斯式的，終究徒勞的行進，手無寸鐵但持續不斷冒著寒冷要去的他方。

命運。無可迴避的終局。這結尾優美如詩，悲傷如詩，簡潔迅速（僅只一句）至令人難以抵抗，猝不及防。

面對生活，我們總是猝不及防。那就是瑞蒙．卡佛和他的《當我們討論愛情》——卡佛不是誰，他就是「生活」本身，在每個離我們不遠的時刻，他把自己片下來展示——反正那和所謂的「生活切片」也沒什麼差別，反正，生活裡的所有東西一直都黏在他身上。

瑞蒙・卡佛
RAYMOND CARVER（1938-1988）

他不長命，只活了五十歲，而我們有充分理由相信，在這僅有的五十年中多數時候他不很得志——瑞蒙・卡佛（Raymond Carver），一九三八年出生於美國奧勒岡州，一九八八年死於肺癌。貧窮、惡習、生活的重擔如影隨形跟隨著他。他出身社會底層，父親是鋸木工兼酒鬼（他自己也是酒鬼），十八歲結婚（原因是他把十六歲的女友搞大了肚子），二十歲已有了兩個小孩，藉由替醫生打掃診所的勞務代抵房租養家（對，〈所有東西都黏在他身上〉）。他當然不可能還有什麼時間寫作，除了生命中的最後十年之外。得知罹患肺癌之後他寫下了這樣的詩篇：

這一生你得到了
你想要的嗎，即使這樣？
我得到了。
那你想要的是什麼？
稱自己為摯愛，感覺自己

在這世上被愛

〈晚期斷簡〉：瑞蒙．卡佛的墓誌銘。最後十年似乎是他生命中最快樂的日子。而其他的一切種種，寒冷，和他冒著寒冷要去的地方——都在外面，在外面不遠。

我覺得好極了

——再讀瑞蒙・卡佛

除了外星異形之外，據眾多可靠消息來源表示，不會有任何正常人在手指上偷偷長了眼睛——這就是我們之所以去找盲人按摩師做全身按摩的理由。但等一下。這是真的嗎？這確實「正確無誤」嗎？你確定他們手指上沒長眼睛？或者，準確點說，你認為——如果我們不那麼嚴格地界定人的感官體驗——觸覺真的「稱不上」眼睛？一個人（為了按摩而）摸遍了你的全身，你確定在他的腦海裡，不會有一幅關於你的裸體的全像圖景？你能接受嗎？

所以讓我們更保守一些——這就是我們之所以去找「天生全盲」的按摩師做全身按摩的理由。等等，還是不對。一個人就算天生全盲，難道他不能透過其他感官（以觸覺和聽覺為主）去建構一個他身處其中的世界？我想我們幾乎可以如此斷言：理論上，所有的天生全盲者都必須在心中建構這樣一個「對應於外在真實世界」的世界——有這樣的必要性，不是嗎？否則他們如何應付日常生活？那麼，是否那被按摩者的裸體也必然在此一他所想像中的世界中呈現了一幅完整的、鉅細靡遺的、纖毫畢現的圖像？

答案其實很明顯——正如瑞蒙・卡佛在〈大教堂〉（收錄於短篇小說集《大教堂》；筆者參閱版本為小說家高翊峰所贈，南京譯林出版社印行之簡體中文版）中所述說的這段故事一般——盲人羅伯特來到敘事者「我」的家中作客（羅伯特是「我」的妻子的老友）；晚餐後，於談話的空檔之際，「我」臨時起意打開了電視。這當然是為了填補談話之間的尷尬冷場——羅伯特畢竟只是「我」的妻子的好友，但並非「我」的好友；質言之，「我」和盲人羅伯特之間，原本並無任何交情。再進一步說，「我」其實對這位盲朋友的到訪戒慎恐懼——不僅僅是因為妻子和羅伯特的好交情（許多年來，在妻子與羅伯特認識之後，在妻子的前一段婚姻之間，在妻子與「我」邂逅結褵之後，他們兩人隔著北美大陸用錄音帶互相通信往返，無事不談），尚且還因為，妻子是因為應徵羅伯特的「朗讀秘書」（負責讀書、念報紙、誦讀文件給羅伯特聽）而與他相識的；而在妻子離職之後，羅伯特就與他的下一任朗讀秘書結婚了——而且又離婚了。你不會擔心羅伯特來搶了你老婆嗎？於是，在這樣一場充滿了內在張力的「相見歡」之後，在氣氛怪異的鴻門宴之後（你總該請客人吃頓飯吧？），在共享了一些大麻菸之後，在妻子因疲累（也或許是因為大麻帶來的鬆弛，或鬆弛之幻象）而在沙發上歪著身子睡著之後——盲朋友和「我」之間就此失去了緩衝區；電視機開著，播著無聊的新聞，而「我」和盲人羅伯特則接續著比新聞還要無聊的對話：

新聞播完了。我起來換了頻道，又坐回沙發上。我真希望我妻子沒這麼筋疲力盡地睡著。她的頭躺在沙發靠背上，嘴張著，身子歪到了一邊，睡袍從腿上滑下來，露出了一段多汁的大腿。我伸手把她的睡袍重新拉起來，蓋住她，就在那時，我看了那盲人一眼。何必呢！我又把睡袍給掀開了。

此一細節極其幽默。「何必呢！我又把睡袍給掀開了」——但問題在於，你既然都已經把睡袍給蓋上了，又何必多此一舉再把睡袍給掀開呢？為了給自己多點時間欣賞一下妻子「多汁的大腿」？為了嘲弄羅伯特的視力缺陷？這其中的男性角力（男主角「我」等了半天，在妻子與羅伯特漫長的寒暄與敘舊中，沒聽到任何一件關於自己的事）、自卑、輕蔑（何必呢！你不過就是個瞎子罷了）與自得其實殊堪玩味。換言之，在此一細節之中，卡佛幾乎是預示性地宣告了〈大教堂〉的基調——有什麼會比一座幾代人都蓋不完的大教堂還來得更複雜的？有什麼會比生命本身更令人感到自卑、自憐、自得、自大而又五味雜陳的呢？

想必是沒有了。所以他們就遇上了（你以為你逃得了嗎？相信我，你鐵定就會遇上最困難、最精巧、最細微、最易碎、最不可碰觸的那部份；像是馬奎斯在《迷宮中的將軍》裡所引用的拉丁美洲革命家玻利瓦爾的名言——「我的一生簡直是鬼使神差」）。在那個煙霧瀰漫的小客廳裡，在無聊的新聞和更無聊（但充滿莫名張力）的對話之後，他們忽然就撞見了「大教堂」——因為電視上正開始介紹所謂「大教堂」（Cathedral）

這種東西。

那當然是個Discovery之類的節目，也因此是段Discovery式的介紹——配上旁白，攝影機掃過了法國的、義大利的、葡萄牙的大教堂。便在那時，在那樣一個神祕瞬刻（一如生命本身之神祕難以捉摸），「我」忽然想起一件事——對著盲人羅伯特，「我」這樣開口了：「我突然想起來，你知道大教堂是什麼嗎？就是說，它們是什麼樣子？你明白我的意思嗎？要是有人跟你說起大教堂，你明白他們在說什麼嗎？你知道大教堂和——比如說——和一個浸禮教禮拜堂有什麼區別嗎？」

關於此事——顯然，同時關乎於小說主題——羅伯特的回答是這樣的：

他讓煙霧從嘴角滲出來，說：「我知道大教堂要有成百上千的人，花五十年甚至一百年的時間，才能修建起來。當然，我是剛聽那個解說員說的。我知道會有一個家族的幾代人都修同一座大教堂。這也是聽那個人說的。那些人為了修一個大教堂，幹了一輩子，卻永遠活不到完工的時候。就這點而言，老弟，他們倒和咱們這些人沒什麼區別，是不是？」他笑起來。他的眼皮又垂了下來，點著頭，就像在打盹兒。

怪了，哪有什麼事情會讓羅伯特口中的「咱們這些人」幹了一輩子卻活不到完工的時候？真有這樣的事嗎？不對，讓我們換個角度（或許就像是那繞著大教堂裡裡外外不停旋轉、不停定格、不停拉遠又趨近的攝影鏡頭）——有什麼事情真能讓「咱們這些人」活到完工的時候？有什麼事情，真能讓我們看見那完工後的全貌？又或者，即使它完工了，你真能將一座由數以千計的拱廊、扶壁、彩窗、精細飾物所構建而成的「大教堂」好好「看清楚」嗎？

理論上，這絕不可能——那幾乎等同於我們在生命中所被迫面對的絕大多數事物，那些投影於我們心上的印痕——如何去恨？如何去愛？如何明白情感？如何面對婚姻？如何理解他人？如何安頓生命本身？如何將父母或他人期望中的「自己的形象」摧毀而後重鑄之？如何面對逝去的時光、愛及其幻覺？你確定你真能把「生命本身」看清楚嗎？你確定，你真活得到完工的時候嗎？

你確定嗎？

然而如同我們所有人一樣——盲人羅伯特總想抓住些什麼。他向男主角「我」提出了要求，一個Mission Impossible——「大教堂」到底是什麼？「你也許可以給我描述一下吧？」

你也許可以給我描述一下吧？作為一個蹩腳的敘述者——當然，每個人在生命面前都是個蹩腳的敘述者；而我想最容易產生類似感受的或許就是小說家——好心的男主角開始說話了。「我」說，大教堂很高；「我」說，支撐大教堂的結構和高架橋有點兒類似；「我」說，有時會有惡魔雕刻在大教堂正面，但有時刻的又是上帝和一些貴婦人（上帝，惡魔，那就是每個人生在命中必然的遭遇不是嗎？）；「我」這樣想：

我能看出來，他沒太聽懂。但他又點點頭，像在鼓勵我。他等著就這麼接著講下去。我努力想著還有什麼可說的。「他們非常大，」我說，「很龐大。石頭做的，有時也用大理石。過去，人們修大教堂，是為了接近上帝。那時候，上帝對每個人的生活都很重要。你從他們修大教堂就能看出來這點。不好意思，但好像我的水平就到這兒了。我只能講成這樣。我本來就不擅長這種事兒。」

說來說去，「大教堂」原先究竟是幹嘛用的？接近上帝用的。在輪流吸完了大麻，在妻子裸露著大腿在旁呼呼大睡時，盲人羅伯特和「我」的討論竟就此更「接近上帝」了起來——這或許理所當然，因為「生命是什麼」或「生命的意義」原本就直接與上帝相關，或說，與上帝所佔據的位置相關（「我」說：「我想我不信吧。什麼都不信。其實，有的時候，這樣也挺痛苦的。你明白我說什麼嗎？」當然了，因為生命原本一無可信，找些什麼來信可能就是忍受生命本身的最好方法）。而後，在羅伯特提議下，他們兩人有了大概是此生最荒謬的舉動——他們手疊著手，試著要在紙上畫出一座大教堂來。

一開始當然有些困難。不過意外的是，畫著畫著，越來越順，也越來越簡單（「我裝上了拱形的窗戶。我畫上了飛揚的扶壁。我掛上了巨大的門。我停不下來。」）；即使閉上了眼睛也一樣：

所以，我們繼續。我的手撫過紙面的時候，他的手指就騎在我的手指上。到現在為止，我這輩子還沒這樣幹過。

然後他說：「我覺得差不多行了。我覺得你畫好了。」他又說：「看看吧，看你覺得怎麼樣？」但我仍舊閉著眼，我想就這樣再多閉一會兒。我覺得我應該這樣做。

「怎麼樣？」他說，「你在看畫嗎？」

我的眼睛還閉著。我坐在我自己的房子裡。我知道這個。但我覺得無拘無束，什麼東西也包裹不住我了。

我說：「真是不錯。」

小說嘎然而止。除了外星異形之外，據我們所知，不會有其他正常人在手指上偷偷長了眼睛——除了盲人羅伯特之外，除了「我」之外，除了瑞蒙・卡佛之外——連一座大教堂都能被他的手管得服服貼貼的。沒什麼能比「描述一次面對生命本身的困惑」更適於描述生命本身的方法了，也沒什麼能比「試圖體會一個視障者的異常感官所建構的另一種世界」更適於描述那樣的巨大的困惑與平原般的寬闊的了——生命的謎題與小說的魔法；那就是我們喜歡找卡佛幫我們做全身按摩的理由。不瞞您說我試過幾次；那豈止是不錯而已——坦白說，我覺得好極了。

瑞蒙・卡佛
RAYMOND CARVER（1938-1988）

我們知道瑞蒙・卡佛的父親是個鋸木工兼酒鬼（不是伐木工，他上工的地點是木材廠而非林地）；而根據卡佛自己的說法，他的母親做過售貨員和女招待，時而無業，「她每樣工作時間都不長」。資料顯示，卡佛曾如此描述有關於母親的童年小事：「我還記得有關她『神經』的話題。她在廚房水槽下方的櫃子裡放著一瓶不需要醫師處方的『神經藥水』，每天早晨都要喝上兩匙。我父親的神經藥水是威士忌。他通常也在那個水槽下方放上一瓶，要不就放在外面堆放木材的棚子裡。記得有一次我偷偷地嚐了嚐，一點也不喜歡，奇怪怎麼會有人喝這玩意兒」——此段自述有不明晰處，由於未能對照原文，我不太確定卡佛偷嚐而「一點也不喜歡」的到底是母親的「神經藥水」還是父親的威士忌。似乎後者機率較大。這聽來十足卡佛：想像一個未曉事的小男孩，以為上鎖的櫃子裡放的是什麼禁忌的神仙水，喝了就會變身成小飛俠或小飛象，幻想了一整個夏天，而後有一天終於偷偷喝到——差點直接吐出來。或許他尚未完全絕望，晚上上床後還期待著什麼；（會有穿著夏威夷草裙的小仙女來邀請他進行一場拯救魔法森林的神奇冒險嗎？）而後一覺醒來，光天化日什麼也沒有，父親煩惱著昨夜大風房子屋頂被吹壞了，襁褓中的妹妹餓了正哇哇大哭；他突然領悟到父母偷藏的神仙水並不許諾任何幻夢或快樂。一切皆為舊有，其原產地無非生活——這是童話版的卡佛。

小男孩卡佛長大後（他長到了183公分！）同樣也為酒精中毒所苦。某次在他戒酒成功後（也就是生命中的最後十年），記者問他酒精是否曾為他帶來靈感；這位寫出《大教堂》、《能不能請你安靜點》、《當我們討論愛情》等短篇經典的作家聞言如臨大敵：「天哪，不會！我希望我說清楚了這點。」他回顧自己為何開始酗酒：「我想我是在意識到想為自己、為我的寫作、為妻子和兒女爭取的東西永遠也無法得到後開始狂飲的。很奇怪，當你開始生活時，你從未想到過破產，變成一個酒鬼、背叛者、小偷或一個撒謊的人。」這是我們熟悉的瑞蒙·卡佛，那個在生命的大教堂前困惑不已且無比沮喪的建造者——成人版的。

後記
幻事錄

許多年前我曾構想過這樣一則短篇幅小說：年邁的小說家絕症在身，病入膏肓。纏綿病榻彌留時分，他發現自己身處於一無人大宅之中。那是一座哥德風格的古宅，柔焦的白色光霧懸浮於室內。他步入一光度晦暗的空曠房間（約略是豪宅的主臥室吧？），看見一不可思議之巨大衣櫥。面對大床，背靠磚牆，巨型衣櫥的一整列共十七扇門靜定凝視著他。他一一動手打開那些門，發現其中既無衣物亦無雜物，而是一幕幕他記憶中的場景——他的童年、他的婚禮、他失去童貞、重要著作出版、摯愛之人的臨終時刻、某一時期遠過於其彼時心智所能承受之榮耀或恥辱驟然臨至之時……等等等等。特別的是，那並他非真實記憶中的動態影像，而是一舞台布景般之立體靜態物件組合。一凝結之瞬刻。十數座場景一一於門扉開啟時乍現（天光湧入，帶著被磨去的稜角，回憶中的場景旋轉木馬般被瞬時點亮），而各個場景皆各具其不同方式、不同粗細之工法。即以人物而言，或有懸線偶人，或有櫥窗塑膠假人，或有細緻蠟像，甚或有擬似真人者。

小說家老人驚訝地看著各具相異質地，然而皆模仿自己過去之形象的，一個個的自己。時間暫停，佈景如舊，而其間人物動作凝止，皆渾然無所覺。

如此場景，共十六座。然而尚有第十七扇門未曾被開啟。那是最接近窗戶的一道門（此刻，天光已暗下，景物於玻璃窗外滅去，僅見室內空間之倒影）。他在那第十七扇門前站定，正待伸手（門扉緊閉，像一對守護著祕密的唇瓣），突然，突然就領悟了那門後是什麼——

那是個中國套盒。「此時此地」的中國套盒。

電光石火。小說家老人正垂手靜立於門扉之前。然而他知道，伸手開啟門扉之後，那就是他的當下，他的此刻。他意識中所見的現在。具體的視覺印象是，門扉之後，衣櫥之內正是此一臥房；他將看到他自己同樣站在那臥房空間內的第十七扇門扉之前，而其內亦復如是。再其內；亦復如是。鏡像反射，無窮無盡……

時至今日，我早已忘了年輕時的我為此則小說所構想的終局（後來呢？後來怎麼了？小說家究竟打開了那扇門沒有？甚至，小說終局是否存在？是否真有一「終局」？那曾具現於我某段時間的意識中，但終究灰飛煙滅屍骨無存？）；然而我記得的是，小說題名為「幻事錄」。〈幻事錄〉：一則未曾被我真正寫出，僅存在於我過去意識之中的小說。它曾化身為我中樞神經系統中的某些電流與化學物質，以此電流與化學成份之形式存在。而此刻我若有所悟：或許那正是小說的幻景，世界的幻景。波赫士筆下那吞噬了一切事物的阿萊夫。宇宙。許多年前我或曾揣想且索求著那門扉之後明滅不定的種種事物；但現在我了解答案只有一種：阿萊夫是個套盒，空間是個套盒，意識是個套盒，小說是個套盒，〈幻事錄〉是個套盒，而套盒之內的內容正是套盒之外的內容。隔著那層容器（無論那是何種材質），那扇門扉，它誘騙了我，令我以一生的時間重製了一整座宇宙。

幻事錄——伊格言的現代小說經典十六講

作者	伊格言
總編輯	陳郁馨
責任編輯	陳瓊如
內頁設計	林佳瑩（PieceFive）
內頁插畫	楊力龢
社長	郭重興
發行人兼出版總監	曾大福
出版	木馬文化事業股份有限公司
發行	遠足文化事業股份有限公司
地址	231 新北市新店區民權路 108-2 號 9 樓
電話	(02)2218-1417
傳真	(02)8667-1891
Email	service@sinobooks.com.tw
木馬部落格	http://blog.roodo.com/ecus2005
木馬臉書粉絲團	http://www.facebook.com/ecusbook
郵撥帳號	19588272 木馬文化事業股份有限公司
客服專線	0800-221-029
法律顧問	華洋國際專利商標事務所　蘇文生律師
印刷	成陽印刷股份有限公司
初版	2014 年 08 月
定價	310 元

國|藝|會 本書獲國藝會創作補助

國家圖書館出版品預行編目

幻事錄：伊格言的現代小說經典十六講 / 伊格言著 .
-- 初版 . -- 新北市 : 木馬文化出版 : 遠足文化發行 ,
2014.08
面；　公分
ISBN 978-986-359-037-8(平裝)

1. 現代小說　2. 文學評論

812.7　　103013390